1 Nacht & 3 Minuten

Sexuelle Exzesse
einer ganz normalen Frau

von
Benita Lara Benz

Covergestaltung:
Tryxz 3 D Design Münster

Herstellung und Verlag:
Books on Demand GmbH, Norderstedt

Lektorat: Önder Günther Özdogan

1. Auflage 2008

ISBN: 978-3-8370-2756-3

Bibliografische Information der Deutschen Bibliothek:

Die Deutsche Bibliothek verzeichnet diese Publika-
tion in der Deutschen Nationalbibliographie; de-
taillierte bibliografische Daten sind im Internet
über http://dnb.ddb.de abrufbar.

„Ich bin nicht gemacht um zu
arbeiten, sondern um Lust
zu schenken und zu empfangen..."

(Benita Benz)

Alle Namen sind frei erfunden...
Sollte hier dennoch jemand glauben, sich wieder-
zufinden, so ist es reines Wunschdenken.

(Benita Lara Benz)

Inhalt

Angekommen...   8

Salat zum Frühstück...   14

Nothing compares to you...   17

Ein neuer Tag...   21

„Ausgegrazt"...   27

Vogelgrippe...   33

Weibliche Wut...   40

Chauvisau...   45

Im Fahrstuhl verfallen...   50

Ossis bumsen...   55

Gekommen im Taxi...   57

Ich Luder...   61

Frauenpower...   66

Ich Luder, Teil 2...   70

Eine wie alle...   74

Ausschließlich Geliebte...   78

Ausgelebte Fantasien...   85

1 Nacht & 3 Minuten...   93

Nachwort...   98

Zu guter Letzt...   99

„Sex ist gut fürs Denken"

(Heinrich Grün, Autor)

*„Also trainieren wir unser
Denkvermögen..."*

(mein Ex-Mann)

Angekommen...

Donnerstag Morgen, 7.43h, das Frühstücksfern-
sehen berichtet gerade über den Zickenkrieg von
„Verena- ich bums mich hoch- Kerth –Freundin"
Giulia Siegel und Jasmin- ich will auch in die High
Society- Molnar.
Ob es mich interessiert, wenn Sybille Weischen-
berg darüber tratscht??? Natürlich! Ich bin eine
Frau und die Interessengleichheit mit den Flitt-
chen verbindet.
Nicht, dass ich's nicht schon in der Bild gelesen
hätte (jawohl meine Lieben: Ich bin bekennende
Bild –Leserin und das nicht erst seitdem ich im
Journalismus gearbeitet habe), aber die Beriese-
lung dessen, was wir eh schon wissen, hat etwas
beruhigendes...
Mein Ausblick auch: ich sitze am Schreibtisch direkt vor dem großen Panoramafenster und schaue
aufs satte Grün, das 3 Meter vom Balkon entfernt,
beginnt.
Innere Ruhe hat etwas wundervolles... ein großer
Schatz, den man pflegen und hüten muss, wenn
man ihn einmal hat.
Ich denke an Hannes... 1071 km entfernt...
trotz der örtlichen Trennung, trotz der dazwi-
schenliegenden Staatsgrenze, trotz der Tatsache,
dass wir uns erst vor knapp einem Monat kennen
gelernt haben, fühle ich ruhige Liebe und bin der
festen Überzeugung, angekommen zu sein. IST!
DAS! GEIL! In sechs Wochen werde in 42 Jahre
alt, stehe in der Blüte meines Lebens (auch wenn

nicht jeder diese Ansicht mit mir teilt), habe- dank eines meist fröhlichen Lebens- viele nach oben verlaufende Fältchen...Fältchen: so ein Quatsch, das sind ausgewachsene Falten, zu denen ich stehe und 10 Kilo zuviel habe ich auch auf den Rippen.

Gerade wegen dieser „Mängel" tut es so gut zu wissen, dass es immer und überall, in jedem Alter und in jedem Zustand passieren kann, dass wir uns Hals über Kopf verlieben. Und obwohl ich dem bösen Satz glaubte „es sei leichter wenn eine über- 30jährige Frau von einem Blitz getroffen würde, als einen vernünftigen Mann zu finden", sitze ich hier als über 40jährige und habe ein Grinsen im Gesicht, als hätte ich einen Clown verschluckt.

Wenn ich die Augen schließe, kann ich spüren wie Hannes hinter mich tritt, ich spüre seine großen Hände auf meinen Schultern, ein zärtliches Kneten, eine Hand streichelt meinen Hals... mein Kinn, warm und trocken, zärtlich und doch bestimmend... fast fordernd. Sie wandert zu meiner Brust, spielt an dem längst erigierten Nippel und knetet sanft beide Brüste im Wechsel. Ich trage ein Carmen-Top aus weicher Viskose, tiefer Rundhalsausschnitt und keinen BH darunter. Mein Busen ist der Körperteil, den ich immer an mir geliebt habe: groß, fest und schöne Nippel (einen Vorteil muss es ja haben, wenn frau ein paar Kilo zuviel drauf hat).

Hannes lehnt sich an meinen Rücken, so dass ich seine ganze Männlichkeit spüren kann...ich könnte mich sofort auf den Rücken schmeißen, ihn bitten tief in mich einzudringen und mich mit aller Kraft zu lieben. Aber Männer sind Jäger, waren es immer und werden es immer sein... also halte ich mich zurück...
Moment einmal! STOPP! Zurück gespult...
Dies ist MEINE Phantasie und ich kann mir jede Taktik sparen: Also lass ich zu, wie er seinen mittlerweile noch größeren Schwanz an meinem Rücken reibt, mich zärtlich fest im Nacken packt und vorsichtig zu sich hoch zieht. Weiterhin mit seiner Hand in meinem Nacken bestimmt er die Länge unseres Kusses, er ist so leidenschaftlich... fordernd... und unglaublich sinnlich. Kaum zu glauben, dass er ein Mann ist.
Ohne mich aus den Augen zu lassen, zieht er mir das Shirt über den Kopf, beugt sich zu mir runter und umspielt meine Nippel mit seinen Lippen, beißt vorsichtig rein, saugt dran, so dass es leicht schmerzt, leckt und küsst. Ich kann mich kaum noch auf den Beinen halten... muss ich auch nicht, er drückt mich eh in die Knie und hält mir seinen rasierten Schwanz vor die Nase.
Und ob ich will! Mit feuchtem Mund nehme ich ihn auf und liebkose ihn, bis ich spüre wie ihm das Blut hineinschießt. Langsam lasse ich ihn wieder aus dem Mund gleiten, lege mich auf den Boden und ziehe Hannes zu mir. Er guckt mir weiterhin in die Augen, schüttelt den Kopf, drückt meinen

Oberkörper langsam ganz runter, öffnet meine Beine und küsst mir die rasierte Scham.

Es gibt nicht viele Männer, die es können, viele wissen nicht einmal wie unser Körper funktioniert. Jungs: lasst euch führen, Mädels: sagt, was Ihr wollt! Wie er wo, wie stark lecken, saugen oder streicheln soll!

Ich sage, was ich will, aber meiner tut sowieso nie was ich ihm sage. In diesem Fall ist es ok, denn er weiß, was er tut und weiß, wie sehr es mich anmacht, wenn er mich bis kurz vor den Höhepunkt bringt und dann aufhört. Ich werde fast wahnsinnig, wenn er jedes Mal wieder vorsichtig meine äußeren Schamlippen auseinander hält um an die inneren zu kommen, sie zärtlich leckt, an ihnen saugt und immer, wenn ich beginne zu zucken, sie zwar im Mund lässt, aber einfach still hält. Er entlässt mich nur einmal kurz, um mir zu sagen, dass ich ihm in die Augen gucken soll. Und schon hält er mich wieder unten gefangen um mich mit Kitzeln seiner Zungenspitze langsam um den Verstand zu bringen. Ich spüre dieses tiefe Heranrollen meiner Lustwelle, gucke ihm in die Augen und mache mich damit auf eine Art hörig, die meinen Orgasmus nur noch stärker werden lässt. Ich explodiere mit größter Wucht und sofort, nachdem ich gekommen bin, steckt er mir seinen großen Schwanz tief hinein und nimmt mich, als wolle er mir noch einmal zeigen, dass ich ihm gehöre. Er legt eine Hand auf meinen Unterleib und drückt ihn leicht, während er immer wieder in mich hinein stößt... immer wieder genau

an die Stelle, die meinen inneren Orgasmus
bringt. Er weiß es und genießt die Macht, die er
über mich hat und als er merkt, dass ich kurz davor bin wieder zu kommen, flüstert er sein „guck
mich an, Süße" und er ergießt sich in mir, während ich zucke und schreie...

Wow! Die Augen sind wieder auf, die Ruhe ist
weg... ich bin rattig wie sonst was.
Also lehne ich mich zurück, meine Füße auf dem
Schreibtisch, eine Hand an der Brust, die andere
im Schlüpfer und durchspiele das ganze in Gedanken noch einmal...

„*Der Mensch, der die Onanie erfunden hat,
müsste den Friedens-Nobelpreis bekommen.*“

(Wolfgang Korruhn)

Salat zum Frühstück

Alex ruft mich an und fragt, ob wir frühstücken wollen. Ich bin etwas erstaunt, wollte sie doch ein heißes Wochenende mit Torsten verbringen und jetzt ist es gerade mal 11h am Sonntag Morgen. Wir sind Freundinnen- natürlich sage ich zu und so sitzen wir 1 Stunde später bei Mövenpick in der Innenstadt und lassen es uns kulinarisch gut gehen.
„Und? Wie war es mit Torsten?" frage ich... „doch zu selbstbezogen?" Wir hatten im Vorfeld vermutet, er sei der Typ Mann, der sich im Spiegel selber vögelt, während er auf einer Frau liegt à la Gedeon Burkhard in „Ungeschminkt". „Nein, nein" sagt Alex, „das ging schon, er war nur so schrecklich selbstüberzeugt und hat mich furchtbar hektisch gerammelt. Immer wieder habe ich ihm gesagt: langsamer, lass dir Zeit, aber er hat einfach nicht drauf reagiert. Wir haben uns oft geliebt in dieser Nacht, bestimmt 6-7 Mal, aber ich bin nur ein Mal gekommen und das auch nur, weil ich selbst Hand angelegt habe. Trotzdem war es schön, wir sind zusammen eingeschlafen und haben den ganzen frühen Morgen gekuschelt."
Warum werde ich das Gefühl nicht los, dass etwas Entscheidendes in ihrer Erzählung fehlt? Also hebe ich die Augenbrauen und gucke sie auffordernd an. Sie kriegt etwas lausbubenhaftes in ihren Blick, schmunzelt leicht und fährt fort „naja heute morgen ging ich ins Bad und als ich mich wieder an ihn gekuscht habe, schubste er mich zärtlich

aus dem Bett, gab mir einen Klaps auf den Po und sagte: und nun mach mal ein gebührendes Frühstück für deinen Stecher, Babe" … autsch! Babe! Klaps auf den Po? … ich ahne nichts Gutes… dafür kenne ich Alex zu lange. „Ich habe den Tisch gedeckt, Monsieur setzt sich mit der Tageszeitung und Kaffee ran und wartet bedient zu werden. In einer großen Plastikschale habe ich ihm einen ganzen Kopf Salat reingeschnippelt, unbearbeitet, ohne alles. Torsten guckt mich fragend an und ich sage zuckersüß WER FICKT WIE EIN KANICKEL, SOLLTE AUCH FRESSEN WIE EIN KANICKEL, ziehe mich an und gehe".

Ich spüre wie es langsam hochkommt, pruste auf einmal los und kann mich nicht mehr halten vor lachen. Genüsslich stoßen wir an und ich denke wieder einmal, was für ein Glück ich habe: die wunderbarsten Frauen begleiten mich seit Jahrzehnten.

„Du Arme!" Sage ich etwas später… „oder besser der Arme. Wahrscheinlich ist er gebrandmarkt fürs Leben. Leid tut er mir aber nicht, hätte er das Frühstück doch selbst gemacht" und wieder fangen wir an loszuprusten „obwohl" wirft Alex um Atem ringend ein „ich sage nur Sinéad O´Connor". Autsch, das hat gesessen… Irgendwie wollte ich dieses Kapitel aus meinem Leben streichen…

„Ein Mann erhöht seine Sexualkraft, wenn
er Milch trinkt, die mit Zucker, mit der
Wurzel der Pflanze Uchchata, mit dem Pfeffer Chaba und Süßholzsaft vermischt ist.
Gezuckerte Milch, in der man den Hoden eines Widders oder eines Ziegenbocks gekocht
hat, erzielt dieselbe Wirkung..."

(Kamasutra)

Nothing compares to you

Es war während meiner Zeit auf Mallorca, damals arbeitete ich in der Gastronomie als Melanie sich mit ihrer neuen großen Liebe ankündigte: OLIVER aus Hamburg, er sei der wundervollste Mann auf Erden, ihre große Bestimmung, der Mann, mit dem sie ihr restliches Leben verbringen, Kinder zeugen und alt werden möchte. Wow, das klingt toll, obwohl das restliche Leben für eine 21jährige eine verdammt lange Zeit ist.
Ich bereite also die Öffnung meines Ladens vor, da kommt Melanie, über beide Wangen strahlend und mit etwas sehr großem, blonden an der Hand zu mir an die Bar und sagt „das ist er".
Noch bevor ich etwas erwidern kann, nimmt er meine Hand, gibt mir links und rechts ein Küsschen und sagt „es freut mich sehr, dich endlich kennen zu lernen, Benita, Melanie hat mir sooo viel von dir erzählt". Ich lächle ihn an, gehe mit dem Kopf etwas zurück und frage „kennen wir uns nicht? Du kommst mir ziemlich bekannt vor". Oliver wiegelt ab, wechselt geschickt das Thema, erzählt, wie er Mel kennen gelernt hat und ich bohre nach. „Von wo aus Hamburg kommst du denn". Ich erfahre, dass er aus Reinbek kommt. Bingo! In der Ecke bin ich aufgewachsen und er gehört zu der Chichi- Clique aus Aumühle, dem alten Adel oder Möchtegernadel.
Ok, obwohl so ganz bin ich immer noch nicht beruhigt, will aber Mel die süßen Stunden nicht vermiesen. Frauen waren mir schon immer wichtiger.

Nach einigen Minuten fällt mir auf, dass die beiden noch gar nichts zu trinken haben, also stelle ich Mel ihren Tanqueray Tonic hin und Oliver seinen Southern Comfort auf Eis. OUPS! Alle drei gucken wir uns an, weil eigentlich bislang gar keiner etwas bestellt hat und ich ja überhaupt nicht wissen kann, was Mr. Reinbek trinkt. Mel zuliebe überspiele ich gekonnt die Offensichtlichkeit der Situation und sage „doch, Oliver hat eben bei mir bestellt". Erst jetzt sehe ich, dass der Sausack mich sehr wohl im ersten Moment erkannt hat. Naja was soll´s: Mel ist glücklich und soll es auch bleiben, also halte ich den Mund und versuche nicht an diese grässliche Nacht vor vielen Jahren zu denken. Aber so ist das mit der Kraft der Anziehung: je mehr ich mich weigere, desto präsenter wird sie:

Es war im Spätsommer in einem (gefühlten) Jahrhundert zuvor: Ich mache Party in einem Szeneclub am Mittelweg, einige aus der Chichi-Clique sind auch da und als der Laden schließt, zieht eine kleine Gruppe weiter zur Reeperbahn. Morgens um 6 bleibt auch auf der Meile nicht mehr allzu viel Auswahl und nach Unmengen von Gin-Tonics und Southern Comforts auf Eis (ich habe mich von Oliver breit schlagen lassen das Schweinegesöff zu probieren) nehmen Oli und ich uns ein Hotelzimmer. Das Zimmer ist sauber, geräumig und hat einen riesigen Fernseher. Wunderbar. Nach den nächsten 3 Southern Comforts-mittlerweile ohne Eis- was im nüchternen Zustand einem Brechmittel gleichkommt, bin ich so betrunken, dass ich nicht in der Lage bin, ein Taxi zu nehmen, was ich eigentlich hätte tun sollen und wollen. Also mache ich das Beste daraus und hoffe, dass wir eine kuschelige Nacht verbringen. Nichts da! Oliver hält sich für nüchtern genug den Casanova heraushängen zu lassen und während ich mit dem Rücken auf dem Bett liege, Kopf in Richtung Fernseher, dringt er in mich ein und versucht sein bestes. Bei jedem Stoß rutsche ich ein kleines Stück weiter zum Fußende, bis mein Kopf hinten überhängt und ich nun zumindest verkehrt herum fernsehen kann. Um nicht ganz herunter zu rutschen, halte ich mich am Laken fest, Oli rammelt fröhlich weiter. Ich sehe die kahlrasierte Sinéad O´Connor über Kopf und lausche ihrer wunderschönen glasklaren Stimme. Oli rammelt weiter. Was ist das? Jetzt hockt er sich auf seine Füße und rammelt um sein Leben, die langen Haare seines Popperponys springen immer vor seinem Gesicht auf und ab und ich denke immer nur: bitte nicht! Mach Schluss! Hör auf! Lass mich in Ruhe! Geh runter! Bin aber zu müde, um mich auf eine Diskussion einzulassen. Und über Kopf singt immer noch Sinéad O´Conner „NOTHING COMPARES TO YOU" und ich denke „wie wahr! Nichts ist mit dir vergleichbar, das ist der schlechteste Sex meines Lebens". Glücklicherweise endet Oliver parallel zum Song und wir können endlich schlafen. Das tragische daran (denn am schlechten Sex sind ja immer zwei schuld) ist, dass ich das Lied jetzt nicht mehr hören kann, ohne an

diese grässliche Nacht mit dem auf mir hocken-
den, Haare vor dem Gesicht springenden Oliver zu
denken. Schade eigentlich, denn ich habe den
Song einmal sehr gemocht.

„*Liebe wagt, was irgend Liebe kann.*"

(William Shakespeare, Romeo und Julia)

Ein neuer Tag...

Gestern Abend habe ich DEN Witz gehört:
Ein Urwaldforscher fliegt ins Innere Südafrikas um wilde Tiere zu filmen, während er sitzt und wartet wird's ihm langweilig, er langweilt sich zu Tode, wartet Tag für Tag, Woche für Woche, Monat für Monat... und auf einmal galoppiert ein Elefant an ihm vorbei, Tröte hoch, die Ohren flatternd und ein Mörder Grinsen im Gesicht. „WOW, hat der Elefant gute Laune" denkt sich der Urwaldforscher und kurz darauf kommt schon der nächste. Und wieder: Tröte hoch, Schwanz am Flattern und grinst von einem Ohr zum andern. „Komisch", denkt sich der Forscher und beobachtet wie ein Elefant nach dem anderen an ihm gut gelaunt vorbei galoppiert, immer Tröte hoch und Grinsen im Gesicht.
Also beschließt der Urwaldforscher den nächsten Elefanten zu fragen. Schon kommt der nächste, er springt aus dem Gebüsch, breitet die Arme aus, stellt sich vor den Elefanten und fragt „Hey Elefant, sag mal, was ist denn mit euch los? Einer nach dem anderen von euch kommt hier vorbei galoppiert, Grinsen im Gesicht, Tröte hoch... was freut ihr euch denn so?" Darauf der Elefant „ da hinten im Gebüsch, da sitzen Paviane, die bumsen wir" „Und das ist soooo gut?" fragt der Forscher erstaunt. „Jou!!!" und schon galoppiert er weiter.
Hmmm, denkt sich der Urwaldforscher... jetzt bin ich Monate hier alleine, keine Frau, kein nichts... würde ja keiner merken. Also schleicht er sich von

hinten an einen Pavian, springt auf ihn auf und knallt ihn durch. „jooa, nicht schlecht" denkt er sich „aber soo toll war es nun auch wieder nicht", steigt vom Pavian und verschwindet wieder im Gebüsch.

Kurz darauf kommt der nächste Elefant, wieder das gleiche Spiel: Grinsen im Gesicht, Tröte hoch und im rasenden Galopp. Er springt vor den Elefanten. „Hey Elefant, angehalten! Ich weiß, ich weiß, ich habe schon mit deinem Kollegen gesprochen. Er hat mir von den Pavianen erzählt. Aber mal ganz ehrlich: Ich habe es auch ausprobiert und soo toll ist das doch gar nicht". Darauf grinst der Elefant, zückt die Augenbraue in die Höhe und sagt: „kein Wunder... bei dir platzen sie auch nicht, wenn Du abspritzt"

Autsch... ich lach mich weg!!! Und bevor ich jetzt alle Tierschützer gegen mich habe:
Das ist nicht zur Nachahmung empfohlen, ich unterstütze brav unser hiesiges Tierheim, wir lesen alles von der Strasse auf, was aufgepäppelt werden muss, haben selbst ein Kaninchen, töten keine Spinnen und essen auch nur selten Tiere. Versöhnt???

Oh, auf RTL zeigt Katja Ebstein gerade ihr Höschen... glücklicherweise trägt sie eins.
Sex sells... in jedem Alter. Ich persönlich gucke ihr auch lieber auf die Beine als ins Gesicht.
Obwohl ich sie ganz sympathisch finde...

Und Hape hat sich endlich lange Hosen angezogen...
Jeder spielt mit dem was er hat... bei mir ist es immer das Dekolleté...

HANNES... ist es möglich einen Menschen zu treffen, bei dem man schon nach wenigen Tagen weiß, dass er der Partner fürs Leben ist? Ich habe es mir immer gewünscht, oft eingeredet, selten geglaubt und nie wirklich gelebt. Bis jetzt! Noch drei mal schlafen, dann sind wir wieder zusammen. Das erste Mal fliege ich zu IHM, sehe wie ER lebt, wie er in seinem Umfeld ist, wie er dort mit mir umgeht und ich freue mich riesig darauf.
Ich weiß nicht, worauf ich mich mehr freue: ihm in sein liebes Gesicht zu sehen, in die Ruhe seiner Augen, seine Umarmungen zu spüren und zu wissen, ich bin Zuhause oder auf den Weg zu seiner Wohnung, wo er eine Stelle im Wald ausgesucht hat, um mich zu lieben. Genau genommen hat er es etwas anders formuliert... Männer sind halt direkter... „ich habe mir schon ein Plätzchen überlegt, an dem ich dich ficken werde... und danach gehen wir etwas essen".
Ja, das klingt schon mal gut... und ich male mir aus, wie es sein könnte:

Wir verlassen die Landstrasse, fahren auf eine Lichtung, leicht erhöht mit atemberaubenden Ausblick... Weite. Und nach hinten hin der Wald. Hannes nimmt mich an die Hand, führt mich zu einem Baum, dessen unterer Ast (zumindest für

ihn) in erreichbarer Höhe ist, „schließe die Augen", er zieht einen Seidenschal hervor und wickelt ihn mir mit den Enden jeweils ans Handgelenk. „Mach die Augen auf", erst jetzt sehe ich, dass das Seidentuch über dem Ast hängt, er verkürzt es und ich stehe an den Baum gefesselt mit den Armen nach oben, gigantischem Ausblick vor mir und der Panik, dass jeden Moment jemand kommen könnte.
Hannes steigt ins Auto... und fährt weg.

Das ist jetzt nicht sein Ernst!!!

Das kann er nicht machen!!!
Noch weiß ich nicht, ob ich erregt oder entsetzt bin.

Weg! Kein Auto, kein Hannes.
Na super...es vergeht eine gefühlte Ewigkeit, dann höre ich das Knacken und Rascheln von Schritten, die sich aus dem Wald nähern.
Hannes stellt sich vor mich, mit diesem alles verzeihbaren Lausbuben-Lachen strahlt er mich an und sagt, er wollte das Auto wegfahren, damit vorbeifahrende Autos nicht sofort auf uns aufmerksam werden. Na Bravo! Eine gefesselte Frau am Baum fällt ja auch weniger auf als ein parkendes Auto.
Bevor ich etwas sagen kann, steckt er mir seine Zunge in den Hals. Nein! Das trifft es nicht: er küsst mich mit einer Leidenschaft, einer Begierde und einer Selbstverständlichkeit, dass ich froh bin

am Baum zu hängen, falls mir die Beine wegsacken. Eine Hand in meinem Nacken, die andere presst meinen Unterleib an seinen längst erigierten Schwanz. Er hebt meinen langen weißen Sommerrock und knetet meinen Hintern, dreht mich um, steckt mir seinen Schwanz ohne weitere Vorwarnung in die feuchte Muschi und hält vorne mit den Händen gegen.

Er fickt mich in seinem eigenen Rhythmus, greift mir mit einer Hand in die Haare, zieht meinen Kopf nach hinten und befingert mich bis ich komme. Kurz bevor es so weit ist, hält er an und sagt „schrei es raus"... oh bitte nicht... wahrscheinlich hallt es hier oben wie beim Almöhi... ich sterbe vor Scham... „los, schrei es raus"...er fasst mich fester ins Haar, zieht den Kopf noch mehr zurück „komm schon"... und wie ich komme!!!!

Willkommen Graz, ich glaube, jetzt weiß jeder, dass ich da bin. Hannes fickt mich weiter, spritzt seinen Saft in Unmengen in mich hinein und wischt nach einer Weile seinen Schwanz an meinem Hintern ab.

Obwohl ich –dank intensivem Training- 1a funktionierende Schließmuskeln habe, läuft mir sein angestauter Saft der letzten Tage am Bein herunter... Hannes hält mich von hinten fest in seinem Arm, so stehen wir eine Weile bis er mich los macht, wir ins Auto steigen und ich am ganzen Körper nach ihm rieche.

Mit dieser Markierung gehen wir essen und ich
denke, dass mir jeder ansieht und anriecht, dass
ich frisch gevögelt bin.
Was soll ich sagen: Graz gefällt mir!

*„Frauen möchten in der Liebe
Romane erleben,
Männer Kurzgeschichten."*

(Daphne du Maurier)

Ausgegrazt...

Na servus! Hier sitze ich nun, in 10000 m Höhe bei minus 44 Grad und einer Geschwindigkeit von 760 km/std... weg von meiner großen Liebe, weg von einer Woche Herrlichkeit auf Erden. Wir haben nichts versäumt, er und ich: denn wir haben sie erlebt: alle Herrlichkeit auf Erden... und das war großartig.
Mein Herz ist warm, mein Bauch ist ruhig und mein Kopf läuft auf Hochtouren. Die unzähligen Eindrücke in jeder Hinsicht müssen erst sacken, ich habe sie wahrgenommen, angenommen auch, nur noch nicht verarbeitet.

Ein Lächeln huscht über mein Gesicht und ich spüre noch Hannes Schwanz, tief im innersten meines Körpers. Ein unkomplizierter Morgenfick, ohne Schnörkel, ohne Vorspiel (zumindest kein gemeinsames: dass ich, als er im Bad war an meiner Muschi gespielt habe, konnte er ja nicht ahnen). Über eine Stunde haben wir nach dem Aufwachen geschmust, voller Liebe ohne Erotik. Dann kommt er aus dem Bad, kniet sich aufs Bett, dreht mich leicht um und fickt mich mit wundervoller Kraft.

―――――――――――――――

6 Wochen und 2 Besuche später, hat es sich „ausgegrazt"... oder zumindest ist es mit Hannes vorbei.

So ein ausgesprochen dummer Mann! Mich gehen zu lassen, ist wirklich blöde.
Nein! Nicht, weil ich glaube unersetzbar zu sein.. natürlich nicht... aber weil ich ihn habe annehmen können, wie es wahrscheinlich kaum eine zweite kann. Ohne den Wunsch ihn zu verändern, ohne die Hoffnung, dass er immer und ewig bei mir bleibt. Ich habe ihn aufrichtig geliebt und ich tue es immer noch, obwohl er ein verwöhnter Pascha ist, ein mäßiger bis guter Liebhaber (abgesehen vom Lecken- das kann er gut), ein –wenn auch mit Schwester- egoistisches Einzelkind, dass sich mit fast 40 Jahren immer noch von Papa die Wäsche waschen und bügeln lässt. Ein Mann, der selten aus Graz rauskam, nie aus dem Elternhaus, mit Ausnahme einiger Freundinnen, bei denen er vorübergehend gewohnt hat... ein Mann, der, obwohl er das Haus von seinen Eltern geschenkt bekommen hat, so großzügig tut, als würde er seinen Vater dort nur dulden.
Ausrastet, wenn der alte Mann, schusselig wie er ist, etwas vergisst oder es einfach nicht auf die Reihe kriegt... ja! Ich finde all das nicht schön und die Befürchtung liegt nahe, dass er sich in einer längeren Beziehung irgendwann genauso respektlos verhält wie seinem Vater gegenüber, und dennoch fühle ich eine Bindung, die es mir unmöglich macht, ihn zu verdammen. Vielleicht hätten wir einfach Freunde sein sollen, die Seelenverwandtschaft genießen, die wir beide so sehr von Anfang an gespürt haben, vielleicht hätte auch eine Affai-

re funktioniert... zu einer Fernbeziehung taugt er leider nicht.

So bin ich wieder in Bremen und schaue wie ich mich ablenke... ich brauche dringend körperliche Zuwendung... mich verlieben? Nein, das wird so schnell nicht möglich sein, ich habe mein Herz verschenkt, mein ganzes Herz.
Aber glücklicherweise kann ich Liebe und Sex trennen und oft ist es hilfreich, einfach Zärtlichkeiten auszutauschen, um das Gewaltige der alten Liebe zu schmälern.
Nächste Woche bin ich wieder in Berlin, Amit, mein halbindischer Exfreund wird für mich kochen... wenn ich sicher bin, dass auch seine Liebe weg ist, werde ich mich von ihm nach Strich und Faden verwöhnen lassen. Allerdings NUR dann, sein Verhalten nach der Trennung war schon etwas krank und wie meine Freundin Gabi sagt „bekloppt" im wahrsten Sinne des Wortes.
Aber der Sex mit ihm war göttlich. Nie bin ich so oft – ohne eigenes Zutun- bei einem Mann gekommen. Dieses Gefühl... seinen Schwanz in mich hineingleiten zu spüren und zu fühlen, dass ich in andere Sphären entgleite... das war schon umwerfend. Mit Hannes hatte ich das auch... allerdings nur einmal. Wir waren „offiziell" Freunde, so ein Quatsch... er sagt, dass er mich gerne hat und schätzt, aber nicht liebt. Ich habe ständig etwas anderes gespürt, aber einem Mann zu sagen: „du täuscht dich, denn du liebst mich doch, willst es

nur nicht wahrhaben" ist sicherlich nicht das, was der Jäger gerne hört.

Außerdem werde ich auch Dirk treffen, wenn er nicht gerade auf Tournee ist und Anthony, meinen wunderschönen schwarzen Ex-Lover, werde ich auch wieder aktivieren
So wird es hoffentlich schnell möglich sein, dem Grazer Gespenst zu entkommen.
Wonach sehne ich mich am meisten? Nach dieser Einheit... der Vertrautheit, der Verbundenheit. Wir hatten sie vor allem, wenn wir eng aneinander gekuschelt gelegen haben, ich in seinem Arm, seine Hand auf meinem Herzen (meiner linken Brust) und meine auf seiner Hand... oder wenn ich ihn im Arm hielt, stundenlang seinen Kopf gekrault habe... oder als wir eine ganze Nacht Stirn-an- Stirn geschlafen haben, wie Siamesische Zwillinge, nur dass es bei uns ein Bedürfnis war, dass sich scheinbar selbst im Schlaf durchgesetzt hat.
Genauso haben wir uns auch getrennt: wir standen am Flughafen Klagenfurt, ich die weinrote Jooptasche und die Skates über der linken Schulter, beide Hände in der Jeans und Hannes mit seiner Stirn an meiner, seine linke Hand den aus der Jeanstasche guckenden Ansatz meiner rechten Hand streichelnd und beide weinend... das ist unser letztes gemeinsames Bild...
Dabei sagte er noch beim vorletzten Abflug „egal, dass ich jetzt die ganze Zeit bei der Fahrt telefoniere, du hast mich ja noch dein ganzes Leben"...

Eines habe ich gelernt: geliebt werden ist schön, aber selbst zu lieben ist sehr viel schöner und vor allem MACHT es schön. Kein Mensch würde darauf kommen, dass ich frisch getrennt bin… ungewollt frisch getrennt bin. Ich sehe besser aus denn je: die Augen leuchten, der Teint ist gesund, die Haut rein, ich rauche nicht mehr, trinke kaum Alkohol und mache täglich Sport. Auch nehme ich weiter ab, was ein deutliches Zeichen dafür ist, dass ich bereit bin… bereit für die Liebe, ich muss mich nicht mehr vor Männern schützen, muss sie mir nicht vom Leibe halten, sollen sie mich ruhig begehren… ich nehme eh nur den, der mir wirklich gut tut.
Und bis ich ihn habe, nehme ich die, die mir vorübergehend Spaß bringen…
Ab nach Berlin!

Aber vorher gebe ich noch meine Bestellung ans Universum auf:
Liebes Universum, bitte schicke mir einen Mann, der mich aufrichtig liebt, den ich lieben kann wie Hannes, der das Gute aus mir herausholt, es fördert, der stinkreich ist und mich verwöhnt, der meine Schulden bezahlt und mir und meiner Kleinen ein wunderschönes Leben ermöglicht mit gegenseitigem Respekt, Verantwortung und Freude am Leben, am gemeinsamen und am individuellen. Und bitte einen Mann ohne Kinderwunsch! Aber er soll Kinder mögen, denn wenn Tini mich irgendwann zur Omi macht, muss es selbstverständlich sein, dass die kleinen Monster bei uns

ein- und ausgehen. Er soll groß sein und stark, körperlich wie innerlich, sich selbst liebend ohne selbstverliebt zu sein, klug, mit einer schönen dunklen Stimme, sehr viel Humor und einem gro-ßen Schwanz (also passend... kein Dumbo). Bitte schicke mir diesen Mann, liebes Universum, wenn er denn das richtige für mich ist, denn genau den wünsche ich mir...Und bitte schicke ihn mir noch diesen Herbst! Weihnachten möchte ich mit ihm verbringen!!! Und mit Tini!
DANKE!

„Wer nicht mehr liebt und nicht mehr irrt, der lasse sich begraben."

(Johann Wolfgang von Goethe)

Vogelgrippe...

Marco hat gesimst... er freut sich meine erotische Stimme zu hören... na der wird sich freuen, wenn er mich sieht... er hat sich in mich verguckt, als ich dick war... jetzt sehe ich bezaubernd aus. Der Busen ist nach wie vor groß, die Haare länger denn je, die Taille wieder voll da, die Beine und der Rücken trainiert und der Arsch knackig... Umhauen wird es ihn.

Sollte ich vom Liebeskummer übermannt werden, helfe ich mir mit dem ältesten und sichersten Rezept seit Gedenken: 30 Männer in 30 Tagen, immer eine halbe Stunde nach Mitternacht.
Was sagen Sie? Es hat etwas von einer Schlampe? Stimmt... aber wenn ′s hilft... Ich habe mir diese Trennung nicht ausgesucht, ich wäre bei Hannes geblieben (was sicher keiner meiner Exmänner glauben würde)... ich bin aber davon überzeugt, dass es funktioniert hätte.

Wenn nicht geschehen wird, was wir wollen, so wird geschehen, was besser ist! Ja, daran glaube ich, aber bevor ich – bis das bessere geschieht- in tiefen Kummer verfalle, nehme ich mein Leben selber in die Hand und lass mich begehren...

Marco... der war wirklich süß... ein bisschen steif, sehr offen und direkt, völlig untauglich für ne Fernbeziehung und was das schlimmste war: er wollte Kinder. Vielleicht hätte ich ihn mit Enkeln

locken sollen – hihi- Männer sind so schrecklich eitel, ich glaube Hannes hat das Thema Enkel auch nicht gerade an mich gebunden... was soll´s, ich brauche einen opa-tauglichen Mann an meiner Seite, wenn er 10 Jahre jünger ist als ich, macht das auch nichts... mit dem Alter werden wir Frauen ja großzügiger, aber er darf definitiv keine eigenen mehr wollen.
Zurück zu Marco... er ruft heute Abend an... ich glaube ich lade ihn demnächst einmal ein Wochenende zu mir ein. Viel Lachen, viel Zärtlichkeit und ganz netter Sex... das wird das WE mit ihm. Ich muss gerade daran denken, wie wir uns kennen gelernt haben: in Damp 2000, ich war nach meiner Rücken-OP letztes Jahr im Frühjahr 5 Wochen dort: lief am Strand, mit einer Feder im Haar und Marco sprach mich an auf die Gefahr der Vogelgrippe... süß! Nicht die Ansprache, aber der Mann: groß, sehr groß, sportlich, längere dunkle Haare, warme braune Augen und gute Zähne... jawohl meine Herren, ich gucke zuerst ins Gesicht und dann auf den Hintern (der übrigens der Kategorie Knackarsch entsprach)... den ganzen Nachmittag haben wir geredet, gelacht, geflirtet, gelächelt und schrecklich herumgealbert. Abends wollten wir uns nicht trennen, haben Wein, Brot und Käse geholt und uns an den Strand gesetzt... Sonnenuntergang... Vollmond... klarer Himmel und Sternenbilder. Wir lagen Schulter an Schulter, es war unglaublich romantisch und wir haben NICHT mit einander geschlafen. Auch haben wir uns erst geküsst, als er mich zum Hotelzimmer gebracht

hat... Entzückend und sofort schleicht ein Lächeln in mein Gesicht. Vielleicht kann ich mir die 30-Mann-Therapie sparen... im zarten Alter von 42 Jahren ist das auch schon eher lästig... vielleicht hilft die Amit- Dirk- Marco Therapie...Und wenn nicht, ist da ja noch Anthony.

Sonntag, 2.9. 22:07... ich habe gerade zwei Stunden mit Marco telefoniert...endlich hat er mich erreicht... süß- nach wie vor... eigen, liebenswert und auf eine fast trottelige Art unglaublich sexy. Ich frage ihn nach einer Fantasie... nein, ich wollte ihn weder anmachen, noch aus der Reserve locken, sondern suche Stoff für meinen Erotikroman. Wenn auch etwas stockend am Anfang, etwas nüchtern in der Ausführung, kommt er dann doch in Fahrt und beschreibt mir unser nächstes Treffen in Aachen:

Wir machen eine Führung im Dom, die komplette Gruppe – bestehend aus gut 15 Leuten- folgt dem Führer die Kirchturmtreppe hoch. Wir sind auf Stufe 189, ein Aufschrei, einer der Deppen hat sich einen Riesensplitter am Geländer in die Hand gejagt. Marco reagiert schnell: in diesem heillosen Chaos - weil alle dachten, es sei Gott-weiß-was passiert- zieht er mich in eine Nische, presst mich dicht an sich und hält mir den Mund zu. Ich spüre seinen Herzschlag an meinem Rücken und seinen fester werdenden Schwanz an meinem Hintern. Obwohl ihm klar ist, dass ich jetzt nicht mehr vor Schreck aufschreien würde, lässt er seine Hand fest auf meinem Mund. 20 min später sind die Deppen weg und der Kirchturm gehört uns.

Wir halten uns an den Händen und laufen- Marco voran- die verbleibenden Treppenstufen hoch bis zur Kirchturmglocke. Außer Atem und lachend wie herumalbernde Kinder kommen wir oben an. Sie ist wunderschön, uralt, schlicht und nackt. Die Sonne bescheint sie durch eine der Maueröffnungen und taucht die Glocke in warmes, gelbliches Licht.

Marco küsst meinen Hals, mein Ohr, meinen Mund. Wir küssen uns leidenschaftlich, immer noch mit rasendem Herzen. Er macht mir das cognacfarbene Seidenhalstuch ab, küsst mich dabei weiter und zieht das Carmen-Oberteil über beide Schultern. Jetzt stehe ich barbusig vor ihm, die Arme an die Taille gepresst, durch das enge Oberteil. Marco geht einen Schritt zurück, schaut mich an, studiert meinen Oberkörper bis ins letzte Detail, lächelt zufrieden und tritt wieder an mich heran. Ich stehe ganz still und genieße das Verlangen in seinem Blick. Er küsst mein Dekolleté, leckt um meine Nippel herum und während er zärtlich an ihnen saugt, verbindet er mir die Hände hinter dem Rücken an etwas Holzigem, ich weiß nicht was, es interessiert mich auch nicht. Jetzt bin ich ihm ausgeliefert und genieße es, denn ich weiß sehr wohl was folgt: Er öffnet die Jeans und zieht sie samt Oberteil, das mir auf den Hüften lag, String und Schuhen sanft vom Körper. Wieder dieses zufriedene Lächeln während er meinen nackten Körper inspiziert, seine warmen,

trockenen Hände liebkosen jede meiner Rundungen, von den Nippeln leckt er sich langsam… sehr langsam ins Zentrum meiner Scham, öffnet mir leicht die Beine, damit er besser ankommt und leckt sanft meinen Kitzler, knabbert an den Schamlippen und lutscht mich förmlich aus. Seine Hände halten dabei meine Fußknöchel, als müsse er Angst haben, ich liefe ihm davon… wie könnte ich… und vor allem… warum sollte ich? Er beschert mir einen Orgasmus der Superlative. Ich schreie leise auf und genieße es, wie er mich anschließend hält, bis ich mich beruhigt habe und mein Körper aufhört zu zittern. Mit dem linken Arm hält er mich weiter, mit dem rechten löst er meine zusammengebunden Hände. Als wir uns küssen, hat er eine Hand in meinem Nacken und ich spüre sein Verlangen, den Wunsch mich aufzufressen, in mich hinein zu kriechen.
Ich bin eine gute Frau, also soll er kriegen, was er will.
Ich nehme Marco das Tuch aus der Hand und verbinde ihm die Augen. Wir haben lange genug gewartet, also reiße ich ihm die Klamotten vom Leibe, so schnell als möglich, ohne sie kaputt zu machen, denn immerhin müssen wir noch durch die Aachener Innenstadt. Seinen schönen Schwanz in meiner Hand, ziehe ich ihn vorsichtig ein paar Schritte zur Maueröffnung, setze mich in das offene Fenster und nehme ganz behutsam seine Eichel in den warmen nassen Mund, schiebe die Zunge vor, umspiele seine Korona, lutsche sanft seine Eichel und sauge ihn dann langsam tief in

meinen Rachen ein. Marco hält dabei meinen Kopf und ich spüre wie ihm das Blut in den Schwanz schießt. Eine Weile lutsche ich noch weiter, dann ziehe ich ihn zu mir heran, lehne mich im Fenster zurück und führe Marcos Schwanz zwischen meine Beine, den restlichen Weg findet er bestens selbst, auch mit verbunden Augen und während er vorgebeugt in mich immer tiefer hinein gleitet, lehne ich mich ganz zurück, die Hände über dem Kopf weggestreckt und den Kopf aus dem Fenster hängend. So sehe ich die warmen roten Strahlen der untergehenden Sonne und genieße die Lust aus Schönheit, Geilheit und Vertrauen. Es ist zu schön, als dass er nichts sieht, also ziehe ich ihm das Seidentuch von den Augen und ihm scheint die warme Abendsonne mitten ins Gesicht und auf die männlichen Schultern. Marco stößt tief in mich ein um gleich darauf inne zu halten, knetet meine Brüste und hält kurz darauf meine Hüften im festen Griff. Erst verstehe ich diesen Griff nicht, doch dann zieht er mich vorsichtig hoch, gleitet aus mir heraus um mich umzudrehen und gleich wieder mit voller Wucht in mich einzudringen, diesmal noch tiefer und mit jedem Stoß drückt er mich ein wenig mehr aus dem Fenster, aber ich habe keine Angst, denn ich vertraue ihm und kann somit seine geballte Männlichkeit in mir und seine ungebändigte Lust auf mich in vollen Zügen genießen. Mehrere schnelle Stöße und dann ein ganz langer, welch schöner Rhythmus, kurz, kurz, kurz , lang, kurz, kurz, lang, kurz lang, kurz, kurz, lang... ich spüre, wie er kommt, wie die Energie durch sei-

nen Körper schießt, eine Hand fest in meinen langen Haaren, die andere zwischen meinen Pobacken…erst sein Stöhnen, dann ein Schrei und wie auf Bestellung die Kirchturmglocke: halb neun… Glücklicherweise ist es keine volle Stunde, sonst wären wir zwar ebenfalls glücklich erschöpft, aber leider taub. So bleiben wir noch eine Weile liegen, ich auf dem Bauch aus dem Mauerfenster guckend und Marco in und auf mir, ebenfalls in die mittlerweile ganz untergehende Sonne zufrieden lächelnd. Ich liebe es, seine um mich geschlungenen Arme zu spüren… befriedigt… ruhig… glücklich.
Ab nach Aachen!

„Die Moral ist immer die Zuflucht der Leute, die die Schönheit nicht begreifen"

(Oscar Wilde)

Weibliche Wut...

Montag Morgen, ich wache auf und mein erster Gedanke ist HANNES! Er rief mich an um mir mitzuteilen, dass der Werbebanner für mein Auto fertig ist, den ein Freund von ihm erstellt hat. Wunderschön sei er geworden, er würde ihn mir aber nur schicken, wenn ein Profi die Montage übernimmt. Dieses Verhalten ist typisch für ihn. Ich sage natürlich nichts, denn es ist ja bezaubernd, dass er den Banner überhaupt hat machen lassen und ich freue mich riesig darauf und bin wirklich gespannt. Als „Dankeschön" habe ich ihm gestern gesimst, dass ich diese Woche die gewünschten Texte im Studio aufnehmen kann, um die ein anderer Freund, Diskothekenbesitzer, gebeten hat. Hannes aber hält es nicht für nötig zu antworten. Vielleicht ist sein Handy auch aus, weil er wieder mit der herrschsüchtigen Olga zusammen ist, wer weiß. Wenn dem so ist, freue ich mich schon auf den ersten gemeinsamen Einkauf in Routine, bei dem die zwei sich wieder streiten. Vielleicht braucht Hannes das ja, vielleicht hat ihm der Streit bei uns gefehlt... zu langweilig. Soll er sich streiten, wenn es ihn denn glücklich macht. Hauptsache diese Frau hört auf, MICH zu belästigen. Wenn es stimmt was sie sagt, hat er meine letzte Nacht in Graz mit ihr verbracht. Ich habe es nicht geglaubt, vielleicht wollte ich es einfach auch nicht glauben, weil es Hannes in das Licht eines Mistkerls rücken würde...Bei wem auch immer er war, Olga wusste es am folgenden Morgen, dass er nicht bei mir war. Erst wollte ich mit Hannes darüber reden, aber wofür? Was soll es bringen? Also packe ich meine Koffer und rufe ihn an, dass ich nach Hause fliegen will. Er zahlt sogar den Flug, das ist gut und ich spüre wie mir ein Stein vom Herzen fällt.

Habe ich mir etwas vorgemacht? Ist er gar nicht mein wundervoll perfekter Wunschpartner? Weiß ich im Innersten, dass er mir zu unreif ist, zu respektlos und zu egoistisch? Keine Ahnung, auf jeden Fall fühle ich mich befreit.

Und zu Olga kann ich nur sagen: ein einziger weiterer Anruf, eine weitere Belästigung und ich werde sie bei meinem nächsten Aufenthalt in Graz so gepflegt vermöbeln, dass sie eine Woche das Haus nicht verlassen kann.

Die Vorstellung macht mir Spaß... ich habe noch nie in meinem Leben jemanden verhauen...

Gib Ruhe, Olga... sonst bist du die erste! Muss ich mich schämen, dass ich jetzt mit einem breiten Grinsen im Gesicht vor meinem Laptop sitze? Schon möglich, tue ich aber nicht.

Immer wieder hat die doofe Nuss mich geärgert, nur weil sie in 4 Jahren nicht in der Lage war Hannes wirklich an sich zu binden.

Immer wieder Anrufe von einer „Freundin", vielleicht war sie es sogar selbst.

Ein bisschen tut sie mir auch leid oder hat es zumindest, bis sie angefangen hat, mich zu nerven, zu piesacken und zu verletzen. Miststück... mögen die nächsten 3 Männer sie auch verlassen.

Ich weiß….!!! Das war jetzt nicht sehr esoterisch. Aber ich bin ja auch nicht der Dalai Lama!

Ich überlege was meine schönsten Erlebnisse mit Hannes waren… auf jeden Fall immer in Bremen, wenn er bei mir war. In Österreich gab es auch wundervolle Momente der Verbundenheit und Schönheit, aber immer „nur" gekoppelt an die wundervolle Landschaft. In Bremen haben wir stets gelacht, waren irgendwie unbeschwerter. Komischerweise ist es nicht der Sex, der mir zuerst in den Kopf schießt, wenn ich an Hannes denke, sondern vielmehr das Rumalbern, wie ich ihm beibringen musste, dass es beim Sex nicht darum geht, wer zuerst fertig ist, dass man sich beim Sex in die Augen gucken kann, verzögern um die Lust zu steigern… ich werde nie vergessen wie er auf meine Frage, ob wir erneut bumsen wollen, sagte: ach nee, lieber guck ich einen Zeichentrickfilm auf polnisch. Das war zum Schreien komisch. Ja, wir haben viel gelacht und es gab überhaupt keine Schwere… Ich erinnere mich wie er nach einem Morgen voller Lust und Sex sich aufsetzte und sagte „Hunger". Mein Kommentar dazu: endlich mal eine typisch männliche Reaktion. Gerade frage ich mich, wann uns diese Leichtigkeit abhanden gekommen ist… ich weiß es nicht. Als Freunde könnten wir sie wieder erlangen, aber will ich seine Freundin sein? Er bemüht sich null… also wozu? Um ihm ein gutes Gefühl zu geben? Nö… wenn er der Meinung ist meine Nähe zu wollen, soll er sich ins Zeug legen, ansonsten wird er von mir nichts mehr hören. Paschas hatte ich schon genug in meinem Leben und wenn Olga recht hat und er mich belogen, will ich mit ihm eh nichts mehr zu tun haben.

Hannes hat angerufen, auf meine sms reagiert und gesagt er würde seinen Freund- den Diskothekenbesitzer meine Rufnummer geben.
Außerdem schenkt er mir die Autowerbung, die er hat machen lassen. Das ist wirklich bezaubernd.
Obwohl ich es eigentlich nicht wollte, erzähle ich ihm von meinem Bedürfnis Olga zu vermöbeln und auch von dem Anruf an unserem letzten Morgen. Das ich aber auch immer die Klappe nicht halten kann! Was soll´s? Warum soll ich diese Last alleine tragen? Beim nächsten Mal lege ich einfach den Hörer beiseite!
Schluss mit dem Kapitel.
Hannes zu hören war schön, sehr schön, fast bezaubernd ist seine Vorsicht nicht zuviel zu geben.
Hannes versteht nicht, dass ich nicht mehr seine Frau bin und es auch nicht wieder sein werde. Er fragt, wie ich da so sicher sein könne. Wenn man bedenkt, dass er sich von Olga zig mal getrennt hat, ist diese Einstellung nicht verwunderlich. Hmmm... scheinbar kennt er mich doch sehr viel weniger als wir glaubten. Vielleicht kann er es auch nur deshalb nicht fassen, weil sämtliche Exfrauen ihn zurückgenommen hätten. Sein Selbstbewusstsein reicht ja wirklich für ne ganze Mannschaft...

Ein bisschen muss ich über ihn schmunzeln, er ist einfach süß und ich spüre am Telefon meine aufrichtige Liebe. Vielleicht lade ich ihn Ende Oktober nach Bremen ein, den Flug haben wir eh, und die Konzertkarten für Meat Loaf bereiten ihm deutlich größere Freude als mir. Wenn sich mein jetziges Gefühl für ihn nicht ändert, werde ich ihn einladen. Er kriegt mein Schlafzimmer, meine Wärme, meine Aufmerksamkeit, meine Zärtlichkeit, meine Lebensfreude, nur mich als Frau kriegt er nicht mehr. Schauen wir mal, wie ich in ein paar Wochen darüber denke, aber zur Zeit gefällt mir die Idee sehr!

„Auch der Geist kann eine erogene Zone sein."

(Raquel Welch)

Chauvisau

Da waren es nur noch 29!... Müssen die 30 Männer eigentlich in Folge kommen, damit die Therapie erfolgreich ist?

Hoffentlich habe ich gestern Nacht keine falschen Gefühle geweckt. Ich war bei Amit, er hat für mich indisch gekocht. Als er seiner Tochter zur Nacht vorgelesen hat, bin ich als erste eingeschlafen.
Später in der Nacht wieder wach, zog ich mich aus, im festen Wissen er würde sich zu mir legen. Keine 6 Minuten hat es gedauert...
Vertraute Berührung, zärtliches Streicheln, sein erigierter Schwanz an meinem Hintern: ja! Ich brauche diesen Mann diese Nacht. Als er in mich hineingleitet, genieße ich und denke: Siehst du Hannes, so kann es sich auch anfühlen.
B I T T E ?????????
Das kann nicht wahr sein... Hannes? Jetzt?... Weg mit dir!
Ich genieße Amit, er erregt mich, ist kurz vorm explodieren und hält inne:" ich will noch nicht kommen"... ja, das ist Amit. Er spürt, dass ich kurz davor bin und bumst mich zum Höhepunkt, bevor er sich gehen lässt. Wow! So geht es auch Hannes!
Hannes???? Bitte nein, präsent, als würde ich mit ihm schlafen. Ich kann den Sex genießen, aber Amit nicht küssen, Bussis ja, keine leidenschaftlichen... unmöglich, Hannes ist dabei.

Ich fass es nicht: Hannes war präsenter als hätte ich mit ihm geschlafen…

So viel zum Thema ich sei drüber hinweg. Zu allem Überfluss lese ich, dass Pavarotti gestern Morgen verstorben ist. Ich könnte heulen: meine letzte Erinnerung an diesen unsterblichen Künstler ist ein Abend bei Hannes: ich auf seinem Fernsehsessel, er neben mir auf dem Stuhl, hält meine Hand, lehnt sich an mich und wir schäumen beide über vor Liebe, vor Schönheit… uns laufen die Tränen hinunter und wir sind eine Einheit.
Jetzt ist Pavarotti tot und Hannes nicht mehr mein Mann.

Obwohl die Trauer mich heute überrollt, wird mir durch Gespräche mit Gabi, die sich gerade von ihrem total verwöhnten Pascha trennt, langsam klar, dass meine Verliebtheit in vielerlei Hinsicht blind gemacht hat. Ja, ich liebe Hannes, nach wie vor… aber er ist ein verwöhnter, egoistischer Junge, der sein Spielzeug in die Ecke legt, wenn er keine Lust mehr hat zu spielen.
Ich denke dabei an eine Szene in den Bergen… Bärenschützklamm… es ist wundervoll, wir verstehen uns prächtig, gehen so langsam mit so vielen Pausen, dass wir die Natur in jedem Detail abspeichern können. Auf dem Abstieg nimmt Hannes mich an die Hand und geht mit mir einen abgelegenen Pfad… Wir sind völlig alleine, knutschen, sind begierig… ich rutsche auf die Knie, hole seinen Schwanz aus der Hose und beginne

ihn genüsslich zu lutschen. Hannes macht Fotos… aus seiner Perspektive, während ich ihm einen blase… ich muss lachen, höre aber nicht auf. Dann dreht er mich um und bumst mich von hinten, ich gegen einen Baum mit den Händen gestützt, Hannes rammt mit voller Kraft in mich hinein, ich bin kurz davor, Hannes auch, zieht aber im letzten Moment seinen Schwanz heraus und spritzt ab.
Ich fühle den coitus interruptus, wundere mich, verstehe aber, dass er es „gut gemeint" hat und mich nicht vollspritzen wollte.
Nachdem er sich ein bisschen beruhigt hat, setzte ich mich breitbeinig vor ihn hin und streichle mich weiter mit einem frechen Grinsen im Gesicht. Und dann kommt´s:
UNGELOGEN! Hannes tänzelt von einen Fuß auf den anderen und gibt mir deutlich zu verstehen, dass er keinen Bock mehr hat und es ihm auf gut deutsch gesagt am A vorbei geht, ob ich rattig bin und kurz vorm Höhepunkt.

Ich kann es nicht fassen. Statt sich zusammen zu reißen, sagt er auch noch: „die Tiere nerven mich, ich mag nicht mehr hier sein."
Bis zu seinem Orgasmus waren die Insekten erträglich…
Was für ein Egoist! Was für eine Respektlosigkeit! Diese verdammte Chauvisau!

DAS ist der Mann, den ich liebe? Mit dem ich mein Leben verbringen will oder wollte!?

Ich gehe weg, weiter hinein ins Gestrüpp, setze mich an einen Abhang, die Sonne im Gesicht, und versuche mich zum Höhepunkt zu streicheln. Die Betonung liegt auf „versuche", denn ich brauche Minuten... mir kommt es vor wie Stunden... verkrampft, wütend auf Hannes und mit dem Wissen, dass ich- wenn ich jetzt nicht entspanne- den Blödmann leider töten muss.
Als ich endlich gekommen bin, steht Hannes auf Abstand hinter mir und macht mich ernsthaft an, ich hätte mich in Gefahr begeben. Was ihm nicht bewusst ist, ist die Gefahr, in der er selbst gerade schwebt. Er kann von Glück reden, dass ich zumindest körperlich entspannt bin, denn ich will die Entspannung genießen und habe keine Lust mich zu streiten.
So wird unser Abstieg tatsächlich nett und der Abend schön.
Warum habe ich ihn nicht am selben Tag verlassen? Respektlosigkeit ist untragbar in einer Beziehung und Hannes ist respektlos!
Vielleicht soll mir Gabis Geschichte bewusst machen, dass ich gerade noch mal einem großen Übel entkommen bin!

Noch 29 Mann und der Spuk ist vorbei... dann werde ich ja sehen, ob genug Hannes übrig bleibt, ob es wirklich aufrichtige Zuneigung um seinetwillen ist oder nur um der Liebe willen.
Ich spüre wie mein Verstand langsam überhand nimmt und der Bauch allmählich nachzieht...

Wir Frauen haben die Gabe, uns unsere Männer schön, menschlich schön, zu denken. Einfach weil wir kein Arschloch wollen, also reden wir sie uns selbst schön, zärtlich, fürsorglich, witzig und charmant und jedem anderen erzählen wir auch wie wundervoll dieser egoistische Mistkerl ist, egal ob sie es hören wollen oder nicht, geschweige denn glauben...

„Mein letzter Tag in Hollywood ist der, an dem der Liftboy im Studio nicht mehr rot wird, wenn er mit mir alleine ist."

(Joan Collins)

Im Fahrstuhl verfallen...

Hatten Sie schon einmal Sex im Paternoster? Irgendwie begleitet mich diese Idee seit vielen Jahren. Jetzt werden Sie mich fragen, warum ich es denn nie probiert habe. Ganz einfach: mein Vater hat mir als kleines Mädchen erzählt, der Paternoster kippe, oben angelangt, über Kopf und würde dann so runter fahren. Natürlich weiß ich mittlerweile, dass das Unsinn ist, dennoch traue ich mich nicht. Väter haben einfach unglaublichen Einfluss auf ihre Mädchen.
Und der Fahrstuhl ist kein Ersatz, es sei denn es ist im 4-Jahreszeiten und der Fahrstuhlpage ist noch anwesend. Jawohl Sie lesen richtig, aber ich greife vor...

Ich habe ein Interview mit Udo Lindenberg im Atlantic Hotel, wir planen eine Reportage über Stars, die in Hotels leben. Nachdem alle Details besprochen sind, fahre ich ins 4seasons um zu klären, wer dort eventuell fest wohnt oder gewohnt hat. Die Geschäftsführung ist nicht da, man hatte versucht mir abzusagen, aber wenn das Handy zuhause liegt, gebe ich zu, dass dies schwierig ist. Als Entschädigung werde ich auf eine vom Hotel geladene Party mit den Schönen und Reichen geladen. Super! Ich futtere mich mit großer Freude durch das Buffet, verharre am Austernstand und bin von dort nicht mehr wegzukriegen. Da mich keiner kennt, muss ich auch nicht darauf achten, was andere von mir denken und schlürfe gerade die 21. Auster mit Zitrone und frisch gemahlenem Pfeffer, als ein knapp 2- Meter-großer, SEHR attraktiver Mann vor mir steht, den Kopf schief hält, mich anlächelt und mit holländischem Akzent sagt: ich habe extra gewartet, dass Sie noch 2-3 Austern mehr essen, damit ich es leichter habe!

Das ist witzig, originell, direkt und doch höflich (denn in Wirklichkeit habe ich gerade die 22. zuckende Auster in der Hand).

Er nimmt sie mir ab, beträufelt sie mit Zitrone, hält sie hin, damit ich Pfeffer darauf mahle und dann nimmt er sie in den Mund. Vorsichtig saugt er sie ein, hält inne, lässt sie ganz minimal rein und raus gleiten, beißt vorsichtig drauf und schlürft sie ein. Wie ein hypnotisiertes Kaninchen stehe ich vor der Schlange, nicht in der Lage auch nur die kleinste Reaktion von mir zu geben. Nur meine Schließmuskel zucken wie wild und mir läuft ein Schweißtropfen den nackten Rücken hinunter. Er kitzelt, als er am Ansatz des Po´s ankommt, wo er glücklicherweise vom Stoff meines Kleides gebremst wird.

Der Hüne nimmt mich an die Hand, führt mich zum Fahrstuhl, der Page grüßt uns, den Hünen persönlich „Guten Abend, Herr Professor", drückt den 4. Stock und fährt uns hoch. „Bitte halten Sie an" und ohne zu fragen warum, drückt der Page den Halt-Knopf und dreht sich noch dichter zur Tür. Herr Professor streichelt mir über die nackten Arme, dann über den Rücken (glücklicherweise ist der mittlerweile wieder trocken) und umgreift ohne Umschweife eine meiner Brüste. Wegen seiner immensen Größe muss er sich bücken um mich zu küssen, er drückt mich gegen den mit Samt bezogenen Fahlstuhl, dringt mit seiner Zunge tief in mich ein, stützt sich mit einem Arm an der Wand ab und zieht mit der anderen den Schlitz des langen Kleides auseinander. Er streichelt zärtlich das freie Stück Haut zwischen halterlosen Strümpfen und Slip, während er den Arm von der Wand löst, in die Tasche greift und ein Klappmesser herausholt. Einen kurzen Moment denke ich „ok, das wars. Selbst Schuld, du dummes Ding". Doch noch während ich das denke, geht er mit dem Messer zwischen meine Beine und schneidet den String kaputt. Gekonnt lässt er das Messer verschwinden, öffnet den Schlitz seiner edlen Anzughose, bringt einen gigantisch großen und schön geformten Schwanz zum Vorschein, hebt mich hoch und setzt mich auf seinen Schwanz. Dabei drückt er mich gegen die Wand, seine Hände unter meinem Po, die Backen auseinanderziehend und an der Rosette spielend.

Der Page bleibt bewegungslos wie ein englischer Hofgardist, während Herr Professor mich im Wechsel an jede Fahrstuhlwand knallt. Zwischendurch steht er immer wieder in der Mitte des Fahrstuhls und fickt mich - nur mit seinen Händen haltend - so unbeschreiblich tief und innig...und als er merkt , dass ich kurz vorm explodieren bin, sagt er „bitte erst um Erlaubnis, dass du kommen darfst". BITTE? Ist der nicht ganz dicht? Das wäre ja noch schöner. Ich suche meinen eigenen

Rhythmus, doch er hält mich so fest, dass ich mich nicht bewegen kann. „Ich entscheide wann du kommst und ob du überhaupt kommen darfst. Auch entscheide ich, wie oft du kommst. Du gehörst jetzt mir, wirst immer kommen, wenn ich dich rufe, alles stehen und liegen lassen, egal wo du gerade bist." Und dann bewegt er sich weiter, „ich heiße John, bitte mich jetzt um Erlaubnis" und ich, die ich mittlerweile jeden Rest von Verstand zwischen den Beinen habe, bitte ihn um Erlaubnis, dass ich kommen darf. Aber er sagt nein, dem Pagen, er möge weiterfahren und oben angekommen, lässt er einen anderen Pagen die Suite aufschließen, während er mich hineinträgt, seinen Schwanz immer noch in mir, mich auf den Billardtisch legt und mich mit einer Gewalt fickt, dass wir kurz darauf beide kommen.
John lächelt zufrieden „du bist nur gekommen, weil ich es wollte, ich lasse jetzt den Whirlpool voll laufen und dann machen wir weiter." Mir ist alles recht und irgendetwas in mir sagt mir, dass er richtig liegt mit der Aussage, dass ich jetzt ihm gehöre...

„*Man berührt den Himmel, wenn man einen Menschenkörper betastet*"

(Novalis)

Ossis bumsen

Eigentlich sollte ich heute im Osten sein: Ossis bumsen. Ich liege aber den ganzen Tag im Bett und feiere dort die Wiedervereinigung. Nicht aufstehen, nicht duschen, nicht telefonieren.
Hannes hat schon wieder angerufen, aber ich bin nicht rangegangen, weder gestern noch heute. Ich werde nicht zugucken wie er der armen Olga schon wieder das Herz bricht. Jawohl: obwohl sie mich massiv geärgert hat, habe ich Mitleid. Selbst jetzt, wo er wieder mit ihr zusammen ist, sagt er mir, er hätte noch nie so geliebt wie bei mir und dass er sie auf keinen Fall heiraten will (für Nicht-Insider: mich wollte er heiraten, nach einem Monat!! Sprach davon und erwähnte, dass seine Freunde glauben, wir würden nächstes Jahr auf Mallorca heiraten). Obwohl ich die Insel als Ort für eine Zeremonie aus eigener Erfahrung wärmstens empfehlen kann, musste ich dann doch die Reiß-leine ziehen.

Er weiß, dass er sie irgendwann verlassen wird, er sagt, er interessiere sich schon wieder für andere Frauen. Oh nein! Ich werde mir diesen Egoismus nicht mit anschauen. Beim nächsten Mal wird es Olga zerbrechen. Ich hoffe nicht für immer.
Soviel Frauensolidarität empfinde ich dann doch.
Gut, das ist also der Grund, warum ich den Kontakt meide, bis das Olga-Thema durch ist.

Am Freitag kommt Jörg, Zahnarzt aus Hamburg, auch ihn habe ich in Cala Ratjada kennen gelernt, wir haben 3 tolle Nächte miteinander verbracht (die Tage jeweils mit unseren Freunden) und treffen uns seitdem alle paar Jahre. Freitag ist es wieder soweit. Sobald er fertig gebohrt hat, kommt er zu mir. Wenn ich so weiter mache, kann ich bald einen Glatzen-Club aufmachen ...

„When I´m good, I´m very, very good,

but when I´m bad, I´m better."

(Mae West)

Gekommen im Taxi...

Der Abend war ein voller Erfolg! Die Nächte mit den Mädels sind einfach super, auch wenn ich wieder einmal deutlich mehr getrunken habe, als der Haut in meinem Alter und dem körperlichen Organismus gut tun. Egal, heute ist heute, carpe diem und carpe noctem! Wie sehr ich noch pflücken würde, habe ich zu diesem Zeitpunkt noch gar nicht gewusst.
Zwar hat der Kopf sich endlich eingeschaltet und die Füße (deutlich mehrere Stunden zu spät) darauf bestanden, dass die High Heels in der Ecke landen, doch noch lag ich nicht im Bett (in meinem wohl bemerkt, denn nur hier gibt es die wahre Erholung).
Das gute am Stadtrand ist, dass kein Taxifahrer anfängt zu diskutieren, wenn frau ein Frauen-Nacht- Taxi möchte (für diejenigen unter Ihnen, die nicht den Luxus haben in einer Stadt zu leben, wo die Frauen 30% weniger bezahlen und von Tür zu Tür gebracht werden: genau das ist nämlich ein Frauen-Nacht-Taxi).
So stieg ich also ohne große Diskussion in das erste Taxi vor dem Havanna, 7 Caipis schwererum nicht zu sagen sternhagelvoll. Ob man es mir ansieht? Nein! Natürlich nicht! Mein Ruf ist mir sehr wichtig, als Geschäftsfrau muss man nicht nur doppelt so gut wie ein Mann sein, auch doppelt so anständig. So sitze ich also im Taxi und zermartere mir meinen ohnehin schon angeschlagenen Schädel, ob ich den ersten Termin morgen

um 11 oder um 13 h habe, zwei Stunden Differenz, die überlebenswichtig sein können.
Bitte? Ich drehe mich zu dem Taxifahrer hin, habe nicht verstanden, was er gesagt hat.
„Darf ich Sie küssen" wiederholt er, zumindest vermute ich, dass er vorher das gleiche gesagt hat. Erst jetzt nehme ich ihn war: ein Bild von einem Mann, ich vermute türkischer Herkunft, wunderschönes Gesicht mit gütigen Augen, einer aristokratischen Nase (vielleicht doch ein Grieche?) und traumhaft vollen Lippen. Und diese Stimme: sonorig, sexy, gebildet.
Noch während ich überlege was ich sage und ein wohliger Schauer über meinen Rücken wandert, beugt er sich langsam zu mir herüber und küsst mich, vorsichtig, sanft, weich. Außer mit den Lippen, berühren wir uns nicht. Wir knutschen ohne Hektik und doch mit einer Leidenschaft, die atemberaubend ist.
Die nächsten 3 Minuten vergingen so schnell, dass ich das Gefühl hatte, alles würde gleichzeitig passieren: er legte seine linke Hand auf meinen Nacken unter die langen Haare, mit festem Griff, ohne mir weh zu tun und dann ging auf einmal mein Sitz zurück, die Lehne in Liegeposition, er nackig, ich nackig, Tütchen über und HELLO!
Es war der reinste Wahnsinn, und ich bin gekommen, und wie ich gekommen bin.
3 Minuten meine Damen und Herren!
Nachdem die Durchblutung wieder auf den ganzen Körper verteilt war, habe ich erst meine Umge-

bung wahrgenommen: wir standen direkt vor meiner Haustür- unter einer Laterne.
Zur Erklärung: ich wohne zwar in einer kleinen Stichstrasse ohne Durchgangsverkehr, aber außer mir wohnen da noch ca. 150 andere Menschen, Kinder nicht mitgerechnet, denn die haben um diese Zeit ja nichts auf der Strasse zu suchen.

Wieder ganz angezogen, lächelte ich ihn lieb an, zückte mein Portemonnaie, bezahlte die Fahrt, sagte „danke" und ging ins Haus.
Oben angekommen habe ich mich kräftig geschüttelt, das konnte nicht passiert sein! Das hab ich nicht getan! Ich rief meinen liebsten Freund in Hamburg an, quatsche ihm das Band voll, schminkte mich ab, putzte die Zähne, nahm die Zahnseide und schlief.

Jedes Mal wenn ich in ein Taxi steige, ist mir etwas mulmig, jedes Mal, wenn meine Freundinnen in ein Taxi steigen, gucken Sie neugierig.

„Molti averne,
un goderne,
e cambiar spesso"

(Ital. Lebens- & Liebesphilosophie des 18. Jhds.)

„Viele zu Freunden,
einen zum Liebhaber
und oft wechseln"

Ich Luder...

Montag, 31. Januar. Ich weiß nicht mehr welches Jahr. Ich verlasse Markus Wohnung. Auf der Suche nach einer Plastiktüte für die schmutzige Wäsche, sehe ich dieses Bild, dass mir den Atem verschlägt: Er! Er strahlt in die Kamera wie das erste Licht der direkten Sonne, wenn in Cala Ratjada über dem Meer die Sonne aufgeht. Wer das einmal erlebt hat, weiß wovon ich spreche. Es ist ein Riesenposter, die Augen in exakt gleichem grüngrau wie sein Anzug, die Zähne so schön, dass es mir die Sprache verschlägt, den Kopf auf die Arme gestützt und die wiederum auf eine Couch oder irgendein anderes Möbel. Er ist schön, er ist so schön, dass es fast schmerzt und doch ist da kein Verlangen, denn er ist einer meiner engsten und besten Freunde seit über 10 Jahren. Das hätte fast etwas von Inzest. Nur frage ich mich wie es Frauen, die nicht mit ihm befreundet sind, aushalten...? So ähnlich habe ich mir die Buchszene in „Das Parfum" vorgestellt, wo die Meute Grenouille zum Schluss zerreißt, nur um ihn in ihrem überwältigenden Gefühl der Liebe und Begierde in sich aufnehmen zu können. Ich kann mich glücklicherweise beherrschen, abgesehen davon habe ich gerade ausgiebig mit seiner Freundin gefrühstückt. Also reiße ich mich los und fahre in die Therme.
Anthony will kommen: mein schöner, schwarzer Geliebter, ein Bild von einem Mann, Sportler,

Kosmopolit und der beste, weil unkomplizierteste Lover, den ich je hatte.

Ich liege im Eisenbecken, lese „Das Wunder des inneren Friedens" und finde mich gerade damit ab, dass er vielleicht doch nicht kommt. Schon steht er vor mir! Noch schöner als im letzten Jahr, noch leckerer. Endlich allein im Dampfbad, fasst er mir zwischen die Beine und küsst mich mit seinen wundervollen dicken Lippen, ohne irgendwelche vorsichtigen Annährungsversuche. Wir verstehen uns.

Saunen ohne Schnapptür sollten verboten werden: schon steht ein weiterer Badegast neben uns. Unterbrechung! Aber die Lust ist wieder geschürt, so als sei sie nie weg gewesen. Mein Körper richtet sich auf, mein Herz pocht und mein Kitzler ebenso. Wir warten auf die nächste Gelegenheit: die Erdsauna.. dunkel und einsam, zumindest nach gut 10 Minuten. Sobald wir alleine sind, beugt er sich vor und leckt mich mit seiner wundervollen, weichen, massigen und wissenden Zunge genau dort, wo es am schönsten ist...dann Küsse im Nacken, Begierde. Ich umschließe sein Prachtexemplar mit der rechten Hand und weiß, wenn wir nicht aufpassen, erreichen wir den Punkt, an dem wir drauf pfeifen, ob jemand die Sauna betritt. Unterbrechung! Anthony beugt sich schnell vor um seine Erektion zu kaschieren, was bei dem Ausmaß nicht ganz einfach ist. Ich grinse in mich hinein: da haben wir Frauen es schon besser. Nur ich fühle das wohlige Spannen im Rü-

cken und genieße meine Lust. Sie schmerzt ja auch nicht. Armer Anthony!!!
Weiter mit dem Gesundheitsprogramm.
Im Restaurantbereich sitzen wir uns gegenüber. Ich bin eine Frau und kann nicht anders: leicht schmollend flüstere ich ihm zu „Zu schade! Ich hätte mich gerade so gerne auf dich gesetzt." Hi-hi, ich kann spüren, fast fühlen wie es in ihm pocht. „Umkleide?" fragt er, ich denke kurz nach, stehe auf und wir gehen. Jeder guckt mich an! Sie können alle sehen was wir vorhaben! Sie können unsere Gedanken lesen!... Die Kabine ist eng, schwarze und weiße Füße zueinander gerichtet, das ist eindeutig zu auffällig. Die Nummer ist schnell, sportlich und leise. Wir küssen uns, er verlässt links, ich rechts die Kabine. Kurz geduscht und ich gehe wieder ins Bad. So schön, so vielseitig ist die Therme: ich entscheide mich fürs Außenbecken, schwimme 3 Runden und gehe dann in den Außenwhirlpool. Mir gegenüber sitzt ein Mann, links und rechts von mir zwei weitere. Ich spüre eine Hand auf meinem Knie, gucke wer es ist, denke kurz nach und dann: warum nicht? Die Nummer mit Anthony war witzig und hat mich sehr erregt, aber ich bin nicht gekommen, also lass ich die Arbeit einen anderen übernehmen.. Von Arbeit kann nicht die Rede sein, 2 Minuten und ich explodiere ganz leise, keiner merkt etwas, nicht einmal der Arbeiter. Ich stehe auf und gehe schwimmen, immer gegen den Strom um den Whirlpool. Ich glaube noch nicht was da gerade passiert ist, ICH LUDER!

Aus meinen Gedanken gerissen zieht mich ein Arm um die Taille an den Beckenrand. Am Ende des Arms ist ein Typ, der mich frech angrinst. Mich immer noch fest im Arm haltend, auf Tuchfühlung mit seinem Körper, sagt er „Hast du immer noch nicht genug oder haben sie es nicht gebracht" … SIE???????????… Alles fällt mir aus dem Gesicht, ich mache mich los, lasse mich mit dem Strom treiben, auf dem Rücken nach oben guckend, gen Himmel. Niesel tropft mir ins Gesicht und auf einmal kann ich mich nicht mehr halten. Ich kriege einen Lachanfall der herrlichsten Art, wundervoll tief, ehrlich und befreiend. Der Blick weiterhin gen Himmel, das Gefühl … soo frei… noch nie zuvor habe ich mich so sehr als ein Teil des Ganzen empfunden. Im Reinen mit mir und der Natur.

„Ich wünschte, ich könnte mein Geschlecht wechseln wie mein Hemd"

(André Breton)

Frauenpower...

16.20 h: ich muss mich beeilen! In 5 Stunden beginnt die Aufnahme im Berliner Studio.
Ok, Zeitplan erstellen: 30 min duschen, schminken, umziehen, 20 min zur Bahn und um 17.30 in den Zug nach Berlin springen.
17.24 h: geschafft! Ich bin auf Gleis 10 und springe in einen Waggon mit Abteilen. Obwohl hier alles zum Erbrechen voll ist, sehe ich im Vorbeigehen ein Abteil, in dem nur drei Leute sitzen. Ich trete ein, grüße höflich und bin erstaunt über die klare Erwiderung, kein Gemurmel, sondern ein deutliches „guten Abend" und zwar unisono. Fantastisch: kultivierte Lebewesen, zwei Männer und eine Frau. Was ist der Unterschied zwischen einem Mann und einem Herrn? Egal, hiesige Exemplare gehören zur letzteren Sorte und die Frau, vermutlich Anfang 30, Pagenkopf, nach hinten gegelt im altrosa Kostümchen à la Chanel. Sie sieht bezaubernd aus und ich ärgere mich etwas, dass ich zu meinem kurzen Rock eine Jeansjacke trage. Mein Ego retten die Strapse und die hohen Stiefel. Eigentlich liebe ich es cool zu wirken und dennoch bis zur Wäsche gestylt zu sein. Der Herr am Fenster steht auf und bietet mir den Platz mit Aussicht. Ich nehme dankend an und sitze jetzt in Fahrtrichtung Coco Chanel gegenüber. Mein Gott ist die bezaubernd, ihr Lächeln wird unterstützt von einer perlweißen Zahnreihe und wundervollen warmen dunkelgrünen- fast olivfarbenen Augen. Ich weiß nicht, wer von uns längere Wimpern hat,

muss aber schmunzeln, weil ich spüre, dass sie gerade das gleiche denkt. Der Zug fährt los und auch nach 10 Minuten hat noch keiner von uns ein Wort gesagt. Ich wage nicht die Stille zu durchbrechen, sie hat auch nichts peinliches, eher etwas… wie soll ich sagen: etwas sexuelles. Es knistert im Abteil und mir wird deutlich heiß.

Ein Tunnel: ich weiß was kommt, natürlich kommt es und ich werde nichts sagen, sondern nur genießen. Der Tunnel ist lang… unendlich lang und alle meine Sinne verschärfen sich um zu spüren, wer sich zuerst bewegt. Ich kann es nicht glauben: es wird wieder hell und keiner hat mich berührt… etwa weil alle beide mit Coco beschäftigt waren? Herrje, ich spüre wie es heiß wird zwischen meinen Beinen… ungestillte Vorfreude.
Da steht Coco plötzlich langsam auf, rückt ihren Rock zurecht und zieht den Vorhang zu, dann geht sie zu dem Herrn neben mir, setzt sich zwischen ihn und mich, dreht sich zu mir, nimmt mein Gesicht in die Hände und streichelt es. Sie küsst meinen Hals und wandert direkt tiefer zu meiner Bluse, leckt sich zur Öffnung, und schwups hat sie einen Nippel im Mund. Erst jetzt legt sie meine Brüste frei, umfasst sie zärtlich mit beiden Händen und saugt und beißt vorsichtig, umspielt mit der Zunge meine völlig steifen Brustwarzen und fasst mir mit einer Hand zwischen die Beine. Meine Wäsche erstaunt sie nicht, wir sind vom gleichen Schlag, also schiebt sie meinen Rock hoch, kniet sich vor mich hin und leckt die Innen-

seite meiner Schenkel hoch bis zu meinem Spitzenslip. Durch den zarten Stoff spüre ich die Feuchte ihrer Zunge und stöhne leise auf. Das ist der erste hörbare Laut seit wir 4 im Waggon sind. Die Männer sitzen ganz ruhig und schauen zu, mit einem Lächeln im Gesicht.

Coco steht jetzt auf, immer noch zu mir gewandt, beugt sich soweit vor, dass wir uns bequem küssen können. Wow... so ist es also eine Frau zu küssen, so sanft und zärtlich, so erotisch und lustbringend. Während sie mit ihrer Zunge meinen Mund erkundet, steckt sie mir zwei ihrer langen schlanken Finger in die Muschi, dreht sie, vibriert und sucht sich ihren Weg zum G-Punkt. Es ist, als hätte sie nie etwas anderes gemacht, gekonnt wichst sie mich als gehöre dieser Körper ihr und dabei entlässt sie meinen Mund keine einzige Sekunde, leckt und lutscht und schiebt und vibriert und ich spüre wie diese gewaltige Welle anrollt, erst in meinen Beinen zuckt, dann in meiner Muschi und dann im Innersten meines Körpers. Meine Schließmuskel zucken noch etliche Minuten nach und erst als ich ganz ruhig werde, zieht sie vorsichtig beide Finger heraus, setzt sich mir gegenüber und lässt den Herrn neben ihr die Finger ablutschen. Ich bin immer noch nicht ganz wieder zurück, da steht sie auf, nimmt ihre Jooptasche und verlässt das Abteil mit einem herzlichen Lächeln in die Runde.

„*Der Lebenskünstler und der Feinschmecker wissen, dass man ein Schwein sein muss, um Trüffel zu finden*"

(Marquis de Sade)

Ich Luder, Teil 2...

Mittwoch, 15. Februar... ich glaube es war 2006. Ein neuer Tag in der Therme. Nach meiner Sendung habe ich im Studio geschlafen und nun erhole ich mich in der Sauna. Immer noch fast Vollmond und meine Libido läuft auf Hochtouren... trotz... meiner Grippe. Damit der Besuch in der Therme nicht wieder so ausartet wie beim letzten Mal, besorge ich es mir vorab in der Umkleide: rabiat, fast genervt, aber das Resultat zählt: ich gehe entspannt saunieren. Während ich in der Sauna sitze, vermisse ich Jo vom letzten Besuch, seine Zärtlichkeit täte mir jetzt gut. Nachdem ich die ersten Stunden unten auf dem Wasserbett geschlafen habe, steigt mir besagter Tag aus dem letzten Jahr in den Kopf. War das ein Tag!!! Erst Anthony, dann dieser Typ im Whirlpool und zur Krönung der unverschämte Typ, der mich einfach weggefischt hat mit der Frage „hast du immer noch nicht genug?..." Das war verrückt und so versaut, dass ich selbst meine Liebsten davor verschone. Ich schwelge in Erinnerung und ein Lächeln nimmt Besitz von meinem Gesicht. Nach dem nächsten Gang schlafe ich auf den oberen Wasserbetten, dann geht's in den Whirlpool; aber erst einmal schauen, wer drin sitzt. Oh-oh, gar nicht gut: ein Dunkler, der etwas schrecklich Schmieriges hat und ich will nicht, dass er mich berührt. Dies zeige ich ihm mit meiner Haltung eindeutig. Auf einmal sitzt jemand dicht neben mir...ich habe ihn nicht kommen gespürt, gesehen eh nicht, weil ich die Augen geschlossen hatte. Ein Blick zur Seite: das Erscheinungsbild ist ok, gepflegt, blond, trainiert (soweit ich das beurteilen kann), Ohrring, der von TeNo sein könnte, ich trage die gleichen, allerdings beidseitig. Er macht die Augen auf und guckt mich direkt an. Ich gucke weg… die Gehirnzellen arbeiten… wer ist er? Autsch! Das kann doch nicht sein? Oder doch? Ich gucke wieder.. und ob! Ich muss lächeln, nein: grinsen: breit und dreckig. Natürlich, er ist es, der freche Typ, der mich einfach aus dem Becken weggefischt hat, mit festen Griff um die Taille. Lächelnd sage ich ihm, dass ihn jetzt erst erkannt habe. „Das hat aber gedauert". Die Erinnerung kommt zurück, jedes Detail. Er streichelt mich fast ohne mich zu berühren… ja… ich will es. Am Rücken, kaum spürbar und doch mit einer enormen Intensität. Die Stärke der Anziehung, die er auf mich hat, spüre ich als wir in den Strudel gehen und er mich wie damals mit einem Arm fest um die Taille hält, als sei es das normalste der Welt. Er geht rauchen, wir treffen uns vor der Sauna, irgendwie kühl und doch wieder voll erotischer Spannung. Komisches Gemisch. Beim Früchteaufguss setze ich mich neben ihn und lasse mich füttern, er übergießt mich mit Eis und steckt mir eine riesige Traube in den Mund, natürlich nicht ohne seinen Daumen hinterher zu schieben und über meine Lippen zu streichen. Herrgott macht der Typ mich wuschig, was soll ich sagen: ich stehe auf diese Bestimmten. Nachdem wir endlich wieder im Pool sitzen, streicht er zärtlich, aber mit der größten Selbstverständlichkeit von meinem Knie an der Innenseite des Schenkels direkt zwischen meine Beine, zieht mir sanft mit Mittel- und Zeigefinger die äußeren Schamlippen auseinander und wandert dann direkt mit dem Mittelfinger ins Paradies. Er spießt mich auf, rührt in mir und sucht gekonnt nach dem G-Punkt. „Du weißt, was ich dir letztes Mal gesagt habe!".. hhmmm , ich grüble kurz, nein! Weiß ich nicht. Wovon spricht er und vor allem: wieso??? „dass ich ein großes Auto habe" BITTE? Jetzt bin ich perplex... täusche ich mich? Nein! Nie war davon die Rede! Kann das sein? Weiß er gar nicht wer ich bin? „Du hast doch den Rangerover" AUTSCH! Das ist der Hammer, jetzt bricht es aus mir heraus, ich lach mich kaputt, der Typ hat nicht die geringste Ahnung, vermutlich weil er ein noch größeres Luder ist als ich. Beim Schwimmen im Strudel komme ich ganz dicht an ihn heran und sage ihm ins Ohr, so dicht, dass er meine Lippen spürt „Wenn ich dich mit ins Auto genommen hätte, WÜRDEST du dich erinnern" und schwimme auf und davon... ich brauche ihn nicht, denn ich spüre ihn noch in jeder Faser meines Körpers.

„*Ein Mädchen vermag eine
Mannperson sehr leicht an sich zu fesseln,
wenn sie ihm in den Stiefel pinkelt*"

(Weiser Rat aus dem alten Preußen)

Eine wie alle

Igitt und Pfui Deubel... mich graust es immer noch:
Eigentlich ist Andreas wirklich süß, seit 2 Jahrzehnten macht er mir den Hof und wenn er früher nicht so fürchterlich plump, hohl, arrogant und aufdringlich gewesen wäre, hätte ich ihn mir vielleicht sogar einmal gegönnt oder zumindest hätte ich ihm die Chance gegeben, sich von einer menschlichen Seite zu zeigen. Vor zwei Jahren haben wir uns nach langer Zeit wieder getroffen und ich war ehrlich erstaunt, dass er zu normaler bis netter Konversation fähig ist. Dass er nicht doof oder ungebildet ist, wusste ich immer. Nur was nützt es, wenn der Mensch ein Arsch ist.
Nun gut, freudig überrascht und eines besseren belehrt, haben wir uns nun richtig kennen gelernt, gemeinsam gequatscht, philosophiert, gelacht, gesoffen, getanzt, geknutscht und gevögelt. Heute haben wir uns wieder getroffen, ich hatte in Hannover zu tun und habe ihm einen Besuch abgestattet. Er hat mir eine Kleinigkeit gekocht, wir haben einen wundervollen Film über Schlittenhunde gesehen, gemeinsam geraucht, Wein getrunken und geschmust. Wenn ich schon mal rauche – was ich grundsätzlich nur tue, wenn ich auch trinke- dann ist die Willigkeit meist noch größer als „trocken". Also landen wir schnell auf seinem schönen Parkettboden und treiben es auf herkömmliche Art. Seine Art mich zu küssen ist

mir zu gierig, zu nass und irgendwie fehlt dann doch die Liebe.

Sex ohne Liebe kann wundervoll sein, aber leidenschaftliche Küsse ohne Gefühl: das kann ich nicht. Also weiche ich ihm so galant wie möglich aus, ohne ihn zu verletzen. Ich mag ihn ja und konzentriere mich gerade auf unsere Körper, da versetzt er mir den Todesstoß: „Würdest du mir einen Gefallen tun?" Ich ahne Böses! „Würdest du für mich ein paar Stiefel anziehen?" I beg your pardon??? Höflich weise ich darauf hin, dass sie mir bestimmt nicht passen, um nicht zu sagen was ich wirklich denke. Er versteht nicht, dass ich die Situation retten will und ist wieder der plumpe, hohle Andreas von früher „Doch bitte, die passen bestimmt, die sind groß, das macht mich so geil. Zieh sie doch bitte für mich an."

Es rattert in meinem Hirn: groß? Damit sie jeder Frau passen? Groß? Damit sie auch ihm passen? Meine Fantasie geht mit mir durch und ich sehe Frauen in allen Größen und Outfits mit den selben hohen Lackstiefeln, alle barfuß, schwitzend und ich muss mich zusammenreißen, damit ich mich nicht direkt auf sein auf Hochglanz poliertes Parkett erbreche.

Ich habe sowohl meinen Körper als auch meinen Ekel im Griff, mache ihm deutlich, dass es besser wäre jetzt nicht weiter zu machen und verabschiede mich höflich (das ist für mich das Maximum der Gefühle.)

Um Missverständnissen vorzubeugen: es gibt wohl kaum eine Frau, die keine Stiefel mag. Und wenn der Mann gezielt für mich Stiefel besorgt- wie nuttig sie auch sein mögen: klar würde ich sie (zumindest Zuhause) anziehen. Aber UND DAS IST EIN APPELL AN DIE HERREN DER SCHÖPFUNG: wenn ihr euren Fetisch ausleben wollt, dann gebt uns doch bitte trotzdem das Gefühl, dass der Reiz bei nur dieser einen Frau besonders groß ist. Vertraut mir, damit werdet ihr mehr Erfolg haben!

„Manchmal, mit toller Fieberglut,
fasst mich ein Wahnsinnsübermut-
o die verwünschte Scheidewand!
Es treibt mich dann mit kecker Hand
die seid´ne Hülle abzustreifen,
nach meinem nackten Glück zu greifen.
Jedoch aus allerlei Rücksichten
muss ich auf solche Tat verzichten.
Auch ist dergleichen Dreistigkeit
nicht mehr im Geiste unsrer Zeit-
es heiligt jetzt der Sitte Codex
die Unantastbarkeit des Podex.!

(Heinrich Heine, Dunkle Triebe)

Ausschließlich Geliebte...

Als ich mich vor 5 Jahren habe scheiden lassen, war ich am Boden zerstört. Ich habe erfahren, dass mein Exmann ein Doppelleben geführt hat. Zwei Monate nach unserer wunderschönen Hochzeit auf Mallorca hat er ein Verhältnis mit einer neuen Mandantin angefangen. Zuerst waren es nur die freien Donnerstage (da war auf meinen Wunsch jeder in seiner Wohnung), später kamen Wochenenden dazu, Reisen, Möbel und ein Namensschild.
Da ich ihn nie kontrolliert habe, wusste ich über ein Jahr nichts von diesem Betrug, bis mich die Neue dann anrief. Zwei lange, schmerzhafte Jahre später waren wir endlich geschieden. Im nachhinein weiß ich nicht, was ich in dieser Zeit ohne Simone gemacht hätte, meine geliebte Freundin aus Frankreich. Sie kam mit einem großen Korb voller Austern und Farbe (nachdem ich mich geweigert habe meine Haare zu schneiden oder gravierend zu färben und auch meine Wohnung gerade frisch renoviert war) und so strichen wir – nach einem wundervollen, köstlichen Essen mit Unmengen von Sekt und Rotwein- zumindest meinen Balkon. Dank der lauen Sommertemperaturen saßen wir nachts mit ca. 2 Promille und Bikini mitten in der Farbe und überlegten gemeinsam wie wir mich aufpäppeln können.
Das Resultat: eine Kontaktanzeige mit folgendem Inhalt:

Ausschließlich Geliebte!
Sehr attraktive, gebildete, sinnliche, kultivierte, erfolgreiche und humorvolle Vollblutfrau sucht männliches Äquivalent zwischen 35-55, das ebenfalls verheiratet ist und seine Familie nicht verlassen will um mich im Raum HH max. 2-3 x die Woche zu verwöhnen.

In der Süddeutschen gab es dafür keine Rubrik, denn unter Hochzeitsanzeigen wollte ich nicht landen, die BILD hat zuviel Ausschuss, also wählten wir das Hamburger Abendblatt.
Natürlich war uns klar, dass die eine oder andere Zuschrift kommen würde, aber das übertraf meine kühnsten Erwartungen: über 250 Zuschriften!!!

Wir machten drei Stapel.
1. geht gar nicht
2. lesen wir uns noch einmal durch
3. könnte ein Treffen wert sein

Ich glaube es ist unnötig zu erwähnen, dass der 1. Stapel am größten war.
Mich nimmt Wunder wie viele Männer mir Nacktfotos samt Namen und Adresse geschickt haben. Oder Fotos mit kompletter Familie (die war dann glücklicherweise angezogen.)
Hier einige meiner Favoriten:
Klaus K. aus HH schreibt belangloses Zeug, schickt aber ein Foto, auf dem er im Garten seines Hauses steht (wahrscheinlich von der Frau fotografiert) am Eingang zum Wohnzimmer in der

schön gepflegten Rosenecke (wahrscheinlich ebenfalls von der Frau) und sein Dödel hängt halb masturbiert und sauber rasiert herunter. Jou! Soviel dazu!
Schön ist auch der Apotheker aus Norderstedt, ich möchte mir bitte selbst ein Bild machen und direkt in der Apotheke vorbei kommen. Nur sagen dürfe ich nichts, da es sich dabei um einen Familienbetrieb handle, den er mit Tochter und Gattin betreibt. Na servus!
Oder Peter S., der immerhin seine Fantasie spielen lässt und ein mögliches Treffen beschreibt: ich solle in Pumps, kurzem Rock, weißer Bluse und Strumpfhose kommen, er brächte dann eine Flasche Sekt mit und wir lieben uns auf seiner Kühlerhaube. Hätte er nur klein Foto mitgeschickt!
Viele haben sich aber auch wirklich Mühe gegeben. Ich meine: ich wüsste auch nicht, was ich schreiben sollte. Um es kurz zu machen: ich habe es sein lassen.

Zwei Jahre später vielen mir die Briefe wieder in die Hand, ich wollte sie verstauen und ein einziger fiel heraus. Ich bin Esoterikerin, ich kann nicht anders, als die Chancen des Lebens zu ergreifen, die mir geboten werde. Also rufe ich die Nr. an

Eine dunkle Stimme meldet sich und ich eröffne:
Guten Tag, spreche ich mit Gerd?
Zögern

Vermutlich wirst du dich kaum erinnern, du hast vor zwei Jahren auf meine Anzeige geantwortet.
Ich bin die „ausschließlich Geliebte"
Pause
Ist dein Interesse noch aktuell oder hat sich deine Situation geändert?
Endlich: „darf ich dich gleich zurück rufen?"
Pfiffiges Kerlchen, aber nicht mit mir!
Sage mir einfach, wann ich es wieder versuchen soll, da fängt er an herzhaft zu lachen und es ist der Beginn von unzähligen Stunden langer Telefonate.
3 Monate später verabreden wir uns.
Wir treffen uns am Reinbeker See, ich füttere die Enten und warte auf ihn. Er ruft mich über Handy an „bitte dreh dich nicht um", ich höre seine Schritte. Er steht dicht hinter mir und ich rieche einen edlen Herrenduft, sehe aus dem Augenwinkel elegante Schuhe, ein blauweiß gestreiftes Oberhemd und Manschettenknöpfe. Er wirkt sehr gebräunt und schwarzhaarig- glaube ich zumindest.
Gerd erriecht meinen Hals, meine offenen, frisch gewaschenen, langen Haare, er nimmt meine Hände und die ganze Zeit reden wir als sei es das normalste auf der Welt. Wir bleiben gut 20 Minuten so, lachen, reden, erzählen uns, was wir noch vorhaben, und haben die ganze Zeit dabei Körperkontakt ohne uns zu sehen. Na ja: er sieht mich von hinten, ich ihn nur aus den Augenwinkeln.

Dann sagt er mir „dreh dich jetzt bitte um, aber lass die Augen noch geschlossen."
Langsam wende ich mich ihm frontal zu, ein Lächeln auf den Lippen und ohne seine Reaktion zu sehen, spüre ich, dass er begeistert ist. Er streichelt mein Gesicht, die Konturen meiner Augen, meiner Brauen, zieht die Nase nach und umspielt zärtlich meine Lippen. Vorsichtig öffnet er sie mit seinem Daumen und steckt mir selbigen in den Mund, aber nur den Ansatz und ich schmecke, dass seine Hände frisch gewaschen sind. Den Daumen immer noch in meinem Mund, sagt er mir, ich solle die Augen jetzt öffnen. Aber ich will nicht. Die Situation macht mich an und ich genieße das Ungewöhnliche. Gerd kann es nicht glauben, denkt ich mache nur einen Witz, weiß er doch wie neugierig wir Frauen sind.
Fast etwas enttäuscht stellt er fest, dass ich es ernst meine und ihm erst beim zweiten Date in die Augen gucken will. Ich deute das als ein gutes Zeichen, er selbst muss also glauben ich würde ihn leiden mögen. Gerd ist ausgesprochen höflich, schmeichelt mir und meinen Rundungen in einer Tour und fragt, ob er mir die Bluse öffnen darf. Was mich dabei wirklich antörnt, ist der Umstand, dass er zwar höflich fragt, ich aber in nichts das Gefühl habe, dass er eine negative Antwort erwartet. Recht hat er. Langsam, ganz langsam öffnet er mir die drei oberen Knöpfe und legt so die Rundungen meines Busens frei. Ich höre ihn lachend ausatmen, dann tief durchatmen und hätte auch so gewusst wie sich sein Körper verändert.

Er aber nimmt sanft meine Hand und legt sie auf seinen dicken Schwanz „damit du lernst, ihn in seiner ganzen Größe zu genießen."
Ich mag diese Formulierung, ich mag seine Zärtlichkeit, seine subtile Dominanz. Genau das ist es, worauf ich stehe.
„Ich gehe jetzt. Sicher, dass du mich nicht sehen möchtest?" Ja ich bin sicher, also lasse ich die Augen geschlossen, drehe mich wieder zu den Enten, er küsst mir den Hinterkopf „ich freue mich auf die Fortsetzung, Benita" und geht davon während seine edlen Schuhe wieder dieses Knarrzen auf dem Kieselweg hinterlassen.
Ich füttere die Entchen weiter, lächle glücklich benommen vor mich hin und verbringe seitdem die Tage damit, mich immer wieder zu fragen „ist er das?" wenn eine dunkle Stimme der seinen ähnelt.

„*Die Lieb´ ist blind, das Dunkel ist ihr recht*“
(William Shakespeare)

Ausgelebte Fantasien...

Mein Exmann fragte mich einmal, ob es eigentlich klassische Frauenfantasien gäbe. Ich erwiderte, dass ich es nicht wisse, nur von mir reden könne, aber schließlich sei ich eine ganz normale Frau, die sich allerdings das Recht herausnimmt ihre Fantasien zu leben.
Eine meiner Fantasien haben wir zusammen ausgelebt.
Ich wollte immer mal in einen Swingerclub. Gesagt, getan, wir fuhren nach Solingen, buchten uns in ein schönes Hotel ein, aßen eine Kleinigkeit, tranken Champagner und machten uns auf den Weg.
Dort angekommen, rutschte mir mein Herz direkt in die Hose. Die Frauen sahen umwerfend aus, mit edlen und sexy Outfits an schönen Körpern. Auf einmal wurde mir bewusst, dass es ein Fehler ist. Was ist, wenn ich nicht will? Was ist, wenn ich Enttäuschung in seinem Blick sehe? Kann ich damit umgehen? Bekomme ich das Bild, wie mein Mann eine andere küsst, streichelt oder liebt, jemals wieder aus meinem Kopf?
Ich bin verzweifelt und verfluche mich.
Gerade rechtzeitig nimmt mich mein Mann in den Arm, hält mich fest und sagt „Süße, mir bedeutet das hier nichts. Wir bleiben nur so lange, wie es dir Spaß macht und mein Vorschlag ist, dass, egal was passiert, wir uns nur mit uns selber vergnü-

gen. Wenn wir irgendwann mehr wollen, kommen wir wieder. Liebling, ich bin genauso nervös wie du."

Genau das ist einer der vielen Gründe, warum ich meinen Mann so sehr geliebt habe.

Die Spannung fällt und wir fangen an uns umzuschauen.

Nach einiger Zeit und deutlichem Auftauen, setzt Joaquin mich in eine Schaukel, in der ich auf dem Rücken liege. Das Leder ist noch angewärmt, er bindet mein Hände und meine Füße in aller Ruhe in die Ledervorrichtung und so hänge ich oder liege bequem aber ausgeliefert vor ihm mit geöffneter Scham und dem Wissen, dass auch andere zuschauen. Joaquin streichelt meinen Körper von Kopf bis Fuß einschließlich der Zehen, lächelt mich immer zwischendurch glücklich an und ich kann spüren wie stolz er auf mich ist. Mittlerweile ist der Saal voll, viele halbnackte Menschen stehen um uns herum, halten sich teilweise im Arm, teilweise sind sie allein und schauen nur zu.
Ich muss gestehen: das macht mich unglaublich an!
Ein jüngerer Mann geht einen Schritt vor und will mich streicheln, aber Jo geht höflich dazwischen und gibt ihm zu verstehen, dass er das bitte sein lassen möge. Ohne zu murren, nur leicht enttäuscht geht der Jungspund zurück und schaut wieder zu. Der Saal wird immer voller, es passen

kaum noch Leute hinein, also kommen sie dichter, so dicht, dass sie mich rein theoretisch berühren könnten. Aber alle respektieren, dass es nicht gewünscht ist.

Joaquin gleitet jetzt langsam in mich hinein, hält dabei meine Hüften und bewegt sich in Halbkreis immer vor und zurück.

Einen Mann in sich zu spüren, den man aufrichtig liebt, das geht so ziemlich über alles.

Meine Geilheit wächst ins Unermessliche und Joaquin gibt einer Frau ein Zeichen, sie darf- wenn sie möchte- mich streicheln und küssen. Und ob sie möchte. Rote, mittellange Haare, nicht 100% mein Typ, aber durchaus sexy mit einem durchtrainierten Körper und festen großen Brüsten. Sie spielt jeweils mit Daumen und Zeigefinger an meinen Nippeln, reibt vorsichtig, drückt und zieht an ihnen. Sie schaut zu Joaquin und guckt ihn fragend dabei an, ob ihre Freundin dazu kommen dürfe. Sie darf. Die Freundin ist schon eher mein Typ mit ihren langen schwarzen Haaren bis über den Hintern. Sie kniet sich vor Jo und leckt ihm, während er weiter in mich eindringt, die Eier.

Er löst eine Hand um sie ihr auf den Kopf zu legen, mit der anderen zieht er mich weiterhin zu sich in dem Rhythmus, der ihm gefällt.

Joaquin ist kurz davor seinen Saft zu verspritzen, zieht sich aber rechtzeitig aus mir raus und führt den Kopf von Nschotschi zwischen meine Beine.

Eine Frau leckt anders!

Vielleicht ist es auch das Bild, dass eine Frau meine Brustwarzen umspielt und die andere meine

Muschi leckt, was auch immer: es macht mich unglaublich an. Jo stülpt sich jetzt ein Kondom über und dringt von hinten in Nschotschi ein. Dadurch drückt er ihr Gesicht fester in meinen Schoß, 3-4 weitere Stöße und er kommt. Nschotschi und der Rotschopf knien jetzt beide vor mir, streicheln mich mit 4 Händen und lecken mich mit zwei wissenden Zungen zum Höhepunkt. Noch immer steht Joaquin stolz wie Rotz neben mir und lächelt mich an, dann lädt er die beiden Mädels auf ein Getränk und wir 4 verschwinden gemeinsam an die Bar.

Fantasien sind etwas großartiges, manchmal ist es besser sie bleiben Fantasien, manchmal ist das Ausleben aber noch schöner als die Fantasie selbst...

***

Was mich auch reizen würde: es einmal für Geld zu tun.
Sie fragen sich, warum? Ganz einfach... ich möchte wissen, ob ein Mann anders mit einer Frau umgeht, wenn er sie bezahlt. Wenn es ein reines Geschäft ist.
Nur weiß ich nicht, wie ich es anstellen könnte. Ich setze mich an die Bar eines erstklassigen Ho-

tels, warte bis ich angesprochen werde und wenn der Mann mir deutlich Avancen macht, sage ich „ja gern, aber das kostet 300,--€ die Nacht?" Und was nimmt man überhaupt?
Mit meinen normalen Stundensätzen kann ich hier wohl nicht aufwarten?!

Einmal habe ich es probiert, allerdings endete die Nacht- anders als gedacht- im völligen Desaster.

Sarah Connor gab in Hannover ein Konzert und Tini und ich waren im selben Hotel nach dem Auftritt eingebucht. Tini, überglücklich und völlig erschöpft, lag schon um 23 Uhr im Bett, ich ging noch an die Bar und wollte mal schauen, ob ich bei der einen oder anderen Animierdame etwas abgucken kann.

An dem Abend hatte eine große Versicherungsfirma Betriebsfeier und die ganzen Langweiler (sorry, natürlich weiß ich, dass es auch in diesem Berufszweig ausgesprochen leckere Modelle Mann gibt) saßen schon gut angetrunken und laberten Blödsinn.
Der jüngste und mit Abstand attraktivste von Ihnen, ein Perser wie sich herausstellte, setzte sich zu mir, direkt, selbstbewusst, zwar höflich aber auch furchtbar von sich eingenommen. Wir witzelten eine Weile, ich versuchte, ihn zu piesacken, warum er glaube, dass er für eine 20 Jahre ältere Frau interessant sein könne. Er führte sich auf, als sei er der Schah persönlich und von dem Mo-

ment ab nannte ich ihn nur noch Reza Pahlavi. Genauso schön war er auf jeden Fall. Nachdem Reza mir in allen Details versucht hat zu erklären, warum er der größte Hauptgewinn für eine Frau ist, ging ich gelangweilt nach oben. Während ich mich höflich verabschiedete, zahlte er und begleitete mich zum Fahrstuhl. Wir mussten in die selbe Etage und oben angekommen, zog er mich in sein Zimmer.

Ich muss zugeben ich war neugierig! Ist dieser kleine schöne Angeber wirklich so gut, wie er behauptet?

Was soll´s: ich habe nichts zu verlieren, muss niemandem Rechenschaft ablegen und kann also ungehemmt genießen... wo er doch so viel Werbung für sich gemacht hat.

Wir ziehen uns gegenseitig aus und ich muss eingestehen, dass sein Anblick wirklich etwas königliches hat. Er drückt mich sanft auf den Rücken und dringt im Liegen in mich ein, macht dabei eine Art Liegestütz. Das ist nicht schlecht, ginge auch bequemer für ihn, aber das ist ja nicht mein Problem. Gerade fange ich an, mich seinem Rhythmus anzupassen und zu genießen, da wechselt er die Stellung und hockt über mir als sei er auf Toilette. Nun gut, es ist nicht gerade meine Lieblingsstellung, aber wieder versuche ich, mich anzupassen, gehe mit dem Becken hoch, so dass wir mehr Berührung haben. Kaum getan, schon wieder wechselt er. Diesmal hebt er mein Becken auf seine Beine und dringt in mich ein, ja das gefällt mir. Ich gebe ihm deutlich zu verstehen, dass

das sehr gut ist, schon wieder wechselt er, und wieder und wieder und wieder und wieder.
Mir platzt der Kragen und ich sage „Schöner, mach langsam, bleibe in einer Stellung, dass wir sie beide voll genießen können". Kaum ausgesprochen, schon wechselt er wieder. Ich schaue mir das ganze noch drei weitere Wechsel an, dann schubse ich ihn runter, nehme meine Sachen über den Arm und gehe nackt zwei Türen weiter, verschwinde im Bad und habe das dringende Bedürfnis mit einer meiner Freundinnen zu sprechen. Ich erreiche Simone, erzähle ihr in allen schmutzigen Details von dem Desaster und ernte nur ein herzhaftes Lachen und den Kommentar: „selber Schuld Süße, was lässt du auch so ein zwanzigjähriges Kind ran. Schäm Dich. Ist doch klar, dass der bei einer Frau wie dir alles zeigen will, was er in den letzten drei Jahren gelernt hat."

Vermutlich hat sie recht und wenn er nicht so schrecklich überheblich gewesen wäre, hätte ich auch aufgrund seines zarten Alters die Zähne zusammen gebissen... aber so... Nö! Nicht mit mir!

Was ich allerdings nicht bedacht habe beim Wechseln der Zimmer mit blankem Popo, ist, dass auf allen Fluren Kameras eingebaut sind.

An der Art der Begrüßung des Personals am Morgen, wurde es mir dann aber schlagartig bewusst.

„*Eine erbärmliche Liebe, die man an der Leine und im Zaume halten muss.*"

(Józef Ignacy Kraszewski)

1 Nacht & 3 Minuten

Ich erinnere mich genau wie es mit Hannes begann:

Donnerstag Abend, ich bin Zuhause. Dort, wo mein Herz und meine Seele zur Ruhe kommen: auf Mallorca.

Es ist noch leicht frisch Anfang Mai, ich gehe ins „Sole Mio" zu Juan Luca um einen Tisch für Anni und mich für morgen zu reservieren.

Tini ist dabei, etwas gelangweilt.

Als ich die drei Stufen von der Bar zum Ausgang hochgehe, spüre ich diesen Blick: direkt! freundlich! und tiefgehend! Ein Kahlkopf sitzt inmitten einer netten Tennis-Herren-Runde und lächelt mich an.

Juan Luca lädt mich auf ein Getränk ein, ich setze mich an den Nebentisch, Tini und ich knabbern eine Kleinigkeit und es dauert nicht lange und ich sitze in dieser Herrenrunde.

Die beste Tochter von allen ist zwischenzeitlich im E-Café und ich amüsiere mich mit den Herren mittleren Alters aus Graz. Neben mir René, der eindeutig attraktivste der Runde, mich interessiert aber Hannes. Und ich ihn. Das ist nicht zu übersehen.

Im Laufe des Abends kommen etliche Freundinnen von mir, Freunde von ihm gehen.

Wir Übriggebliebenen ziehen weiter zu Max, Ösitreffen sozusagen, alle aus der Steiermark.

Hannes und ich stehen am Tresen und er streichelt ganz vorsichtig meine Hand. Ich gebe ihm zu verstehen, dass das GAR NICHT GEHT, ich sei hier Zuhause und habe kein Interesse auf Gerede. Er streichelt mich heimlich, das hartnäckige Kerlchen...bezaubernd: er berührt mich auf eine wundervolle Art... unsere Seelen kennen sich... vielleicht bin ich aber auch einfach nur betrunken.

Die Gruppe wird kleiner, wir landen im Bolero, trinken, als würden wir dafür bezahlt und Hannes und ich knutschen direkt am Tresen beim Eingang. Iiiis klar!!!! Hand in Hand verlassen wir das Bolero, übrig bleibt wie immer nur Gabi. Wir schlendern zum Corona, meinem Domizil am Hafen, bleiben an der Mauer davor stehen, küssen uns, schmusen wie wild bis mir auf einmal bewusst wird, wo wir sind:

1. Es ist das Zentrum der nächtlichen Flaniermeile
2. Es ist vor meiner Haustür
3. Es ist der Ort, an dem ich meinen Exmann das erste Mal geküsst habe.

Es wurde und wird viel über die Mauer gesprochen, Stücke der Mauer sind etwas besonderes. Wenn mein Exmann und ich von der Mauer sprachen, meinten wir immer die in Cala Ratjada. Bevor sie erneuert wurde, hat er mir ein Stück herausgehauen.

Dieser Platz geht also gar nicht. Ich nehme Hannes mit nach oben, schleiche –weil der Durchgang der Waschküche verschlossen ist- durchs Zimmer in dem Tini schläft und schleppe Hannes ganz nach oben auf die Terrasse. Wir stehen Arm in

Arm, schauen auf den Hafen, genießen den Vollmond direkt vor uns, der sich im Mittelmeer spiegelt.

Leidenschaftliche Küsse, zärtliches Streicheln unserer Gesichter, tiefe Blicke in die Augen… ständiges Lächeln, gemischt aus Verlangen, Zuneigung und Vertrauen. Es endet mit ihm tief in mir… von hinten. Erschöpft liegt er auf mich gestützt, wobei er mich fest im Arm hält, als wolle er mich nie wieder loslassen. Einige Zeit später, beide erschöpft, angetrunken und völlig übermüdet, schicke ich ihn in sein Hotel.

Wir sind für den nächsten Abend so gegen 00.00 h im Café 3 verabredet. Er weiß, dass ich vorher nicht kann. Mit Anni verbringe ich einen Traumabend im Sole Mio, denn wir tratschen was das Zeug hält, plaudern aus unseren Nähkästchen und lachen uns kaputt. Sie ist bezaubernd, schön, liebenswert, witzig und ein Mensch mit ähnlichen Werten wie den meinen. Ich frage mich warum wir in den 8 Jahren meiner Mallorcazeit nicht schon die engsten Freundinnen waren. Egal. Heute fühle ich Freundschaft und genieße sie. Der Abend ist so schön, dass ich nicht ins Café 3 gehe und als so gegen 00.30 Uhr Linda vorbei kommt, erfahre ich, dass keiner der Ösis da war. BITTE??? Was soll ich sagen: es wurmt mich. Was bildet er sich ein? Was ist mit gestern Nacht? Nur ein sexueller Spaß eines Touris, der mit seiner Tennismannschaft unterwegs ist? Das kann nicht sein! Es hat sich eindeutig anders angefühlt. Anni fragt mich, ob ich rüber will, aber ich will nicht, das wäre ja noch schöner.

Der Abend bleibt fantastisch, wir ziehen weiter, treffen auf seine Kollegen, haben mit denen Spaß und ich gehe Samstag Morgen alleine ins Bett. Blödmann!!!

Um 11 h obligatorisches Frühstück mit den Mädels im Noahs, es wurmt mich immer noch, vor allem weil die Mädels fragen, entsetzt fragen, ob er sich nicht gemeldet hat. Es war tatsächlich nur eine Nacht. Am Nachmittag nach der Siesta springe ich unter die Dusche, denke doch tatsächlich daran ins Hotel zu fahren, aber was soll ich ihm sagen? Am besten noch vor versammelter Mannschaft? SO EIN DUMMER MANN! Es fühlt sich falsch an ihn nicht wieder zu sehen, aber was soll´s. Heute ist seine Abreise.

Unbeschreiblich wie gut die Dusche tut, runter mit dem Dreck, dem Rauch, weg mit dem Alkohol und der Schminke. Es klopft an der Tür: Herrgott Tina, die Tür ist auf, sie klopft weiter, also springe ich aus der Dusche, beschimpfe die Maus durch die Tür und höre HANNES. Autsch! Schnell ein Handtuch um den Körper, das gröbste der verschmierten Wimperntusche entfernen und mit einem charmanten Lächeln den peinlichen Auftritt überspielen. Da steht er! Lächelnd! Fast schüchtern sagt er „ich konnte nicht gehen, nicht einfach so". Wir halten uns, küssen uns, gucken uns in die Augen und vergewissern uns gegenseitig, dass wir nicht einfach so hätten auseinander gehen können. Nach 3 Minuten ist er weg, auf dem Weg nach Graz und ich habe, mit dem größten aller möglichen Grinsen im Gesicht, seinen Zettel in der Hand mit seiner Nummer und dem Satz: ruf mich an.

Ich glaubte, das sei der Anfang von etwas ganz Besonderem.
Dabei waren es nur 1 Nacht und 3 Minuten...

„An der Stelle, wo andere moralisch sind, da ist bei ihr ein Loch...“

(Erich Kästner, Moralische Anatomie)

Nachwort

Ich weiß, dass sich einige Leser, aber vor allem Leserinnen fragen werden: wer ist das?
Benita Lara Benz ist eine Frau wie es Millionen andere gibt, mit vielen Ideen, Fantasien und auch Erfahrungen. Eine Frau mit Bildung, Familie und Freundeskreis, die man sowohl im Supermarkt an der Wursttheke, als auch im VIP-Bereich einer Oper treffen kann.
Für die Männer gibt es Erotisches zuhauf, für uns Frauen ist es oft abgeschwächt, verpackt in Geschichten, die uns nur mäßig interessieren.

Gewagt? Vielleicht! Aber es kommt von Herzen und vor allem aus dem tiefen Bauch.

Ein besonderes Dankeschön gilt meiner Freundin und Kollegin Patricia Koller, die mir als erfahrene Erfolgsautorin mit Rat und Tat zur Seite stand und meinem Lektor Önder Günther Özdogan, der, mit seiner Liebe für die deutsche Sprache, eine große Hilfe war.

... und natürlich all den wundervollen Männern, die meine Fantasie jeden Tag aufs Neue wecken.

Herzlichst

Benita Lara Benz

„Möwen am Klippenrand: Yin liegt am Rande des Bettes, ihr Oberkörper flach, die Beine an Yangs Brust gestemmt. Er steht vor ihr und während er sich in das Paradies ergibt, ergreift er ihre Füße und öffnet und schließt sie wie die Schwingen einer im Fluge befindlichen Möwe.
Am Baum hängende Grille: Yin legt sich bäuchlings aufs Bett und spreizt die Beine. Der Mann kauert sich zwischen ihre Schenkel und hebt ihre Beine hoch. Er umarmt sie fest und führt seine männliche Spitze ins Jadetor ein. Diese Stellung ist ungeeignet für schwere Frauen und schwache Männer.“

(Die Kunst des Schlafgemachs, Tung Hsüan Tzu)